BASTEI LÜBBE

Anna Hahn

Christophers Tod

BASTEI LÜBBE

BASTEI-LÜBBE-TASCHENBUCH
Band 61270

Namen und Orte der Handlung wurden aus persönlichkeitsrechtlichen Gründen geändert. Etwaige Ähnlichkeiten mit lebenden oder verstorbenen Personen sind daher nicht beabsichtigt und somit rein zufällig.

1. Auflage Juni 1993
2. Auflage Nov. 1993
3. Auflage Dez. 1994

Erstveröffentlichung

Printed in Great Britain
Einbandgestaltung: Manfred Peters
Titelfoto: Andreas Henk
Satz: hanseatenSatz-bremen, Bremen
Druck und Bindung: Cox & Wyman Ltd.
ISBN 3-404-61270-1

Der Preis dieses Bandes versteht sich einschließlich
der gesetzlichen Mehrwertsteuer.

Vorwort

Dieses Buch entstand aus einem Tagebuch, das ich einst im Spätsommer 1986 für meinen Sohn Christopher, den ich damals erwartete, zu führen begann. Ich wollte darin mein Glück über diese Schwangerschaft, die große Vorfreude auf mein erstes Kind aufschreiben. Später einmal, so stellte ich mir vor, könnte es dann alles nachlesen.

Es kam ganz anders.

Mein Kind wurde schwerstbehindert geboren. Für mich war das damals absolut undenkbar, denn bis zum Zeitpunkt seiner Geburt war es vollkommen gesund gewesen. Es lag kein genetischer Schaden vor, und es traten keine Komplikationen in der Schwangerschaft auf. Aber in den entscheidendsten Minuten hatte der Geburtshelfer falsch entschieden.

Zunächst bäumte ich mich gegen dieses Schicksal auf, das nicht der verantwortliche Arzt, sondern das mein Kind zu tragen hatte – und ich mit ihm. Dieser Behandlungsfehler erschien mir als das Unsinnigste überhaupt.

Irgendwann begriff ich, daß es vollkommen gleichgültig ist, wo, wie und wann das Schicksal zuschlägt – ob vor, während, nach der Geburt eines Kindes, im ersten Lebensjahr, im dritten oder im 18.

Leider sind aber gerade diese Behandlungsfehler während der Geburt allzu häufig und fast immer vermeidbar. Sicher sollen Betroffene um ihr Recht kämpfen – vor allem dann, wenn Kinder schwerst geschädigt überleben und es um ihre finanzielle Absicherung geht.

Doch für die trauernden Eltern eines toten Kindes ist es letztendlich egal, wann und woran ihr Kind starb. Die unfaßbare Tatsache ist immer dieselbe: Ihr geliebtes Kind ist tot!

Ihr Kind ist tot – und Sie müssen weiterleben.

Ich habe am eigenen Leibe erfahren, daß es wohl nichts Entsetzlicheres gibt, was einem widerfahren kann. Ich weiß, daß nichts schwerer zu tragen und zu verkraften ist. Als man mich mit der Realität konfrontierte, als man mir beibrachte, mein Kind sei allerschwerstbehindert, als es dann knapp drei Monate später, Monate, die es ausschließlich auf einer Kinderintensivstation ›gelebt‹ hatte, starb – da durchlitt ich das tiefste Tief meines Lebens.

Ich befand mich in allergrößter Verzweiflung und absoluter Hoffnungslosigkeit. Niemals mehr, so dachte ich, würde ich wieder normal leben, mich freuen und lachen können. Mein Leben erschien mir beendet – und das Schlimmste daran war, daß es trotzdem weiterging. Ich sollte es nun bewältigen, Tag für Tag.

Heute kann ich sagen: Ich habe es geschafft! Ich kann mein Leben wieder genießen und froh sein. Das, was mir einst unmöglich erschienen war, ist gelungen.
Wie sehr hätte ich damals einen Menschen gebraucht, der mir dies vorausgesagt hätte, der mir Mut gemacht und gesagt hätte: Du schaffst es. Annehmen kann man diese Prophezeiungen in einer solchen Situation aber nur von jemanden, der dasselbe überstanden hat. Niemand anderem glaubt man – was weiß denn jemand, der zu Hause gesunde Kinder hat? Höchstens erregen die vermeintlichen Tröstungen noch Unmut.
Deshalb wende ich mich an Familienmitglieder oder Freunde von Betroffenen: Verharmlosen Sie das Leid niemals! Es **ist** unvorstellbar. Seien Sie einfach da. Haben Sie Zeit. Hören Sie zu. Aber geben Sie keine Ratschläge – Ihre Ratschläge kann man in dieser Situation einfach nicht akzeptieren und annehmen!
Mir haben damals nur Eltern helfen können, die genau wie ich ein Kind verloren hatten. Ihnen vertraute ich, nur sie kannten das ganze Ausmaß meiner Verzweiflung. Hilfe suchte ich auch in der Literatur, stieß hierbei aber nur auf ein sehr geringes Angebot. Trost fand ich dann in dem Buch von Harriet S. Schiff mit dem Titel »Verwaiste Eltern«.

Und das ist einer der Gründe, warum ich selbst beschloß, ein Buch zu schreiben: Ich will Ihnen Mut machen. Ihr Kind ist und bleibt tot – keine

Macht der Welt ändert mehr etwas daran. Ob Sie lachen oder weinen – Ihrem toten Kind nützt oder schadet beides nicht mehr. Aber ganz von selbst wird sich eines Tages eine Stimme in Ihnen melden, die sie daran erinnert, daß Sie selbst noch am leben sind – und im Grunde Ihres Herzens auch wieder froh sein wollen. Kurz nach dem Tod eines Kindes existiert man nur, aber man kann weiter**leben**.
Deshalb möchte ich Ihnen hier meine Geschichte erzählen. Wenn Sie ein Kind verloren haben oder wenn Ihr Kind schwerstbehindert ist, wenn Sie Ihr Unglück auch einem Behandlungsfehler zu verdanken haben, dann werden Sie Ihre Gedanken in meinen Gefühlen teilweise sicher wiederentdecken. Mein Beispiel soll für Sie ein Zeichen dafür sein, daß man es wirklich schaffen kann, wieder erfüllt zu leben. Vieles in diesem Buch ist auf andere Fälle übertragbar, vieles natürlich sehr persönlich.

Bei allem habe ich auch großes Glück gehabt. Kurz nach dem Tode von Christopher konnte ich ein anderes Kind adoptieren. Ein ganz besonderes Kind, das mir von seinem liebevollen Wesen her ungeheuer viel Freude macht.
Aber ich habe auch an mir und meiner Situation gearbeitet, indem ich die Weichen für mein heutiges Leben gestellt habe. Zu einem erfolgreichen Leben gehört immer beides: Glück und Anstrengung. Ihr Glück wird sich von allein einstellen – keinem Menschen widerfahren sein ganzes Leben

lang nur Schicksalsschläge. Anstrengen müssen Sie sich selbst. Tun Sie es, kämpfen Sie, geben Sie Ihrem einmaligen Leben neuen Inhalt und Sinn! Niemals mehr wird Ihr Leben so sein wie zuvor. Aber an meiner Geschichte will ich zeigen, daß einem aus jeder Tragödie heraus auch ganz besondere Kräfte erwachsen können. Mein Kind ist gestorben – ich konnte es nicht verhindern, da war ich absolut machtlos. Aber dieses Entscheidende hatte ich in der Hand: Meinem eigenen Leben einen neuen Sinn zu geben. Niemals mehr werde ich der Mensch sein, der ich vorher einmal war. Aber ich bin stolz auf mich – ich bin durch die Hölle gegangen und nicht daran zerbrochen.

Niemals werden sie Ihr Kind vergessen und es Ihr Leben lang betrauern. So, wie ich um Christopher trauere und weine. Ich habe mir hier viel von der Seele geschrieben. So ist dieses Buch nicht nur ein Buch über mein Kind, wie ich anfangs dachte, sondern gleichzeitig oder vielleicht mehr noch eines über mich. Aber von meiner inneren Motivation her schrieb ich es für Christopher. So soll es vor allem das sein und bleiben, was es von seiner ursprünglichen Anlage als Tagebuch von Anfang an war: Eine Liebeserklärung an mein erstes Kind.

Meinem Sohn Christopher.

I

Blicke ich heute zurück, so war der Tag, an dem meine Schwangerschaft festgestellt wurde, sicher der glücklichste in meinem Leben.
Was ich damals erfuhr, war eine neue, besondere Dimension von Glück – eine bis dahin beispiellose Freude, die aus tiefstem Inneren kam, gepaart mit euphorischer Aufregung. Das Natürlichste schlechthin begriff ich als das Wunder, das es war: In mir wuchs ein neuer Mensch heran – mein Kind.

Schon lange hatte ich mir ein Kind gewünscht. Doch ich war noch jung, und Studium und Beruf hatten zunächst Vorrang. Dann vergingen einige Monate der Ungeduld, des sehnsüchtigen Hoffens und der immer gleichen Enttäuschung, bis ich es lernte, meine Erwartungen zu zügeln.
Umso größer die Überwältigung, als ich – es war im Sommer 1986 – schließlich doch schwanger war.
Eine leichte Schmierblutung statt der eigentlichen Periode war das erste Zeichen. An einem Montag morgen kämpfte ich mit mir. »Wenn ich jetzt zum Arzt gehe und dann doch nicht schwanger bin,

kann ich meine Enttäuschung sicher nicht vor ihm verbergen«, dachte ich. Also machte ich zu Hause erst einmal einen Test aus der Apotheke.
Während der kurzen Wartezeit versuchte ich, nervös und fahrig wie ich war, mich abzulenken und auf ein negatives Ergebnis einzustellen. Endlich war es soweit. Meine Hände zitterten leicht, als ich tief durchatmend die Badezimmertür öffnete. Mit langem Hals riskierte ich einen ersten schnellen Blick auf das Resultat. Tatsächlich, es war positiv! Ein dunkelbrauner Ring hob sich deutlich vor hellgelbem Untergrund ab – der erste Beweis für die Existenz eines neuen Menschen.
Ich war schwanger!
Mein Herz pochte noch mehr als zuvor, ich vollführte einen Freudentanz, bei dem ich unsere miauend protestierende Katze ausgelassen auf einen Schrank setzte. Dann telefonierte ich mit meinem Gynäkologen. »Die meisten Schwangerschaftstests sind nicht hundertprozentig zuverlässig«, bremste er mich. »Wenn Sie ganz sicher sein wollen, kommen Sie gleich vorbei.« Noch nie war ich so schnell umgezogen, noch nie so rasant durch die Koblenzer Innenstadt gerast.
Ich war die letzte Patientin an diesem Vormittag, so nahm die Helferin mir sofort Blut für den Test ab. Im mittlerweile leeren Wartezimmer versuchte ich, meine Unruhe zu beherrschen, indem ich mich auf die Bilder an der Wand konzentrierte. Doch hätte ich keines hinterher beschreiben können. Nach einer kleinen Weile steckte die Helferin

den Kopf durch die Tür und lächelte mir aufmunternd nickend entgegen: »Positiv!«
Wenige Minuten später wurde meine Freude bereits etwas gedämpft. Nachdem ich die Schmierblutung erwähnt hatte, empfahl mein Arzt: »Sie sollten sich drei Tage ins Bett legen. Nur damit wir auch bestimmt nichts verkehrt machen.« Bereits hier flackerte in mir zum ersten Mal, wenn auch nur für einen Augenblick, die Angst auf, mein Baby doch noch zu verlieren. Aber auf dem Heimweg breitete sich in mir dann glückselig die Erkenntnis aus, daß mein größter Wunsch in Erfüllung gegangen war: Ich würde Mutter werden.
Zu Hause legte ich mich auf die Couch und wartete aufgeregt auf meinen Mann. Als Ulrich endlich durch die Tür trat, rief ich ihm die große Neuigkeit sofort freudestrahlend entgegen. »Dann freue ich mich für dich«, äußerte er langsam und sah vor sich hin sinnend zum Garten hinaus. Wieso wirkte sein Lächeln so verkniffen, erschien es mir so aufgesetzt?
Von diesem Augenblick an entwickelte sich, ohne daß es mir damals sofort bewußt gewesen wäre, das Leben in mir für mich zu **meinem**, nicht zu **unserem** Kind.
Meine freudige Erregung ließ mich an diesem Abend erst spät einschlafen. Sehr gut erinnere ich mich daran, daß ich die Hände auf meinen noch völlig flachen Bauch legte und klopfenden Herzens an das winzige Wesen in mir dachte. Und bereits an jenem ersten Abend durchfuhr mich ohne Übertreibung plötzlich wieder die Angst,

dieses Kind nicht behalten zu dürfen. »Wenn es nun zu einer Fehlgeburt kommt?«, quälte es mich. Mit aller Gewalt versuchte ich solch negative Gedanken zu verdrängen. Denn eines wurde mir genauso schlagartig klar: Ich wollte nicht irgendein Kind, sondern genau dieses eine. Doch die Angst hatte sich in mir festgesetzt. Eine schlimme Vorahnung war geweckt und sollte mich bis zum Ende der Schwangerschaft nie mehr verlassen.
Heute weiß ich, daß es sie gibt, die mütterliche Intuition, und daß sie meist richtig ist.

Von Anfang an stand meine Schwangerschaft unter einem schlechten Stern. So waren bereits die ersten drei Monate der Auftakt von vielen harten Belastungsproben, von denen ich damals nur noch nicht wußte, wie weit sie sich steigern würden.
Jedesmal, wenn ich mich nach einigen Tagen des Liegens für ein paar Stunden normal bewegte, setzten, wenn auch nur tröpfchenweise, wieder Blutungen ein. Schließlich verordnete mein Arzt durchgehende Bettruhe bis zum Ende der 12. Woche. Daß ich in meinem Mutterpaß als »Risikoschwangere« ausgewiesen war, erschien mir als Makel, vergleichbar mit einem ›Mangelhaft‹ in Betragen in der Schule. Ich hatte nur ein Ziel: Mein Kind über diese ersten 12 Wochen zu retten und eine Fehlgeburt zu verhindern. So folgte ich gewissenhaft den Anweisungen und blieb liegen. Wir sagten sogar unsere geplante Urlaubsreise ab.

Aber all dies machte mir nichts aus, ich tat es ja für mein Wunschkind.
Was mich viel mehr aus der Fassung brachte, waren die sich in dieser Situation entwickelnden oder zuspitzenden Eheprobleme. Mir kam es so vor, als lernte ich meinen Mann von einer ganz neuen Wesensseite kennen, als entdeckte ich ausgerechnet jetzt, wo ich so sehr auf ihn angewiesen war, ein immerhin dominantes Merkmal seines Charakters: seine geringe Belastbarkeit.
Besondere Ansprüche stellte ich sicher nicht, doch Ulrich war einfach mit allem überfordert. Er arbeitete als Altphilologe in leitender Position an einem Studienseminar. Als solcher gehörte er zu den begnadeten Menschen, die in den Genuß von sechs Wochen Sommerferien kommen. Selbst in dieser Zeit schaffte er es nicht, mich auch nur dreimal täglich mit einer Mahlzeit zu versorgen. Bis dato hatte er im Haushalt nie einen Handgriff zu tun brauchen. Am liebsten ließ er sich sogar noch seine Butterbrote von mir streichen und das Obst schälen und schneiden. Er war absolut unbeholfen. Tragisch daran war, daß er das Ganze nicht mit dem nötigen Humor tragen konnte.
In der Küche hörte ich ihn buchstäblich stöhnen und jammern. Allein die Aufgabe, nach meinen Anweisungen aus Fertig- und Tiefkühlgerichten einen Mittagsimbiß zu bereiten, endete nahezu immer im Chaos. Geschirr fiel klirrend zu Boden, er fluchte über ›... diese unorganisierte Küche ...‹, brachte mir nach unendlich langer Zeit etwas kaum Genießbares – schimpfend, er wäre überfordert.

Mir verging das Lachen. Denn hatte ich bisher das Gefühl gehabt, seine bestehende Neigung zum Alkohol in gewissem Rahmen steuern zu können, so gipfelten seine Bemühungen jetzt darin, daß er bereits mittags und immer größere Mengen trank.
Es war ein heißer Sommer, wir hätten ganze Tage gemeinsam im schattigen Garten verbringen können. Doch war Ulrich offensichtlich zu beansprucht, mir eine Liege aus dem Keller hinaufzutragen, nahm sich für mich persönlich nie Zeit. Er meinte es nicht eigentlich böse, er hatte vielmehr tatsächlich das Gefühl, unter Streß zu stehen.
Was er den ganzen Tag über genau trieb, blieb mir unklar. Wenn er nicht schlief, hörte ich ihn zuerst in seinem Arbeitszimmer, dann im Keller poltern und sortieren, zwischendurch irgendwo staubsaugen, die meiste Zeit ›dieses Scheiß-Haus‹ fluchend treppauf, treppab laufen. Einmal schaffte er, als sei dies momentan das Vordringlichste, meine vielen Trockenblumensträuße zum Mülleimer. »Diese Staubfänger wären wir los«, kommentierte er seine Aktion.
Ich versuchte über den Zustand unseres Hauses und noch viel mehr über sein ununterbrochenes Geschimpfe hinwegzusehen und mich nicht aufzuregen, was mir schwerfiel, da ich die meiste Zeit an mein Zimmer gefesselt allein verbrachte und mich wie in Einzelhaft fühlte.
Aus dieser Zwangslage heraus baten wir meine Schwiegermutter, jeden zweiten Tag zu kommen, um vorzukochen und nach dem Haushalt zu se-

hen. Solange sie dabei war, spielte Ulrich – soweit er konnte – den treusorgenden Ehemann. Solange nahm er sich zusammen. Er tat seiner Mutter leid – war er doch so belastet. Noch heute würde sie nicht glauben, wie er sich aufführte, kaum daß wir wieder allein waren.

Eigentlich wollte Ulrich in diesen Ferien seine Doktorarbeit zu Ende schreiben. Daß es ihm nicht gelang, war natürlich meine Schuld, da er mich ja versorgen mußte. Seine Sicht der Dinge führte oft zu abendlichen Streitereien. Nach gebrüllten Vorwürfen wie ›Ich kann mich wegen dieses Kindes nicht aufreiben! Ich habe hier die älteren Rechte!‹ war ich entsetzt und aufgewühlt und verbrachte manche schlaflose Nacht.

In diesen nicht enden wollenden Stunden steigerte sich meine Furcht, mein Kind zu verlieren, ins Unermeßliche. Würden nicht gerade die ständigen Auseinandersetzungen und Aufregungen eine Fehlgeburt verursachen? Ich lag wach und betete, betete für mein Kind: »Lieber Gott, laß es mich bitte nur behalten!«

Zum Nervenbündel geworden, hakte ich Woche für Woche ab, noch drei, dann zwei, schließlich noch eine. Dann hatte ich es geschafft!

Ich war im vierten Monat und unbeschreiblich erleichtert, endlich aus dieser inzwischen unerträglich gewordenen Situation befreit zu sein und wieder mein eigenes Leben leben zu können.

Nur eines sollte mir um Gottes Willen keinesfalls mehr widerfahren: Daß ich bloß für den Rest dieser Schwangerschaft nicht noch einmal liegen und dadurch auf Ulrichs Hilfe angewiesen sein würde!

Die nun folgende Zeit war die glücklichste meiner ganzen Schwangerschaft. In der 13. Woche sah ich mein Kind zum ersten Mal auf Ultraschall: Ich bestaunte frohen Herzens ein perfektes Strichmännchen mit Ärmchen und Beinchen und allem dran, was zu einem richtigen kleinen Menschlein gehört. Es vollführte wahre Turnübungen, einem Trampolinspringer gleich. ›Sieh her, was ich schon alles kann!‹, schien es mir sagen zu wollen. Endlich erlaubte ich es mir, mich vorbehaltlos auf mein Kind zu freuen, und diese Freude spiegelte sich in meinem Aussehen: Meine Haut war rein, meine Haare glänzend, mein Glück strahlte aus meinen Augen. Fasziniert beobachtete ich die Veränderungen in und an meinem Körper: zunächst den Verlust meiner Taille, dann das stetige Wachsen meines Bauches, und stolz kaufte ich die ersten weiteren Blusen.
Nach einer Untersuchung in der 16. Woche, bei der auch zum ersten Mal die kindlichen Herztöne aufgezeichnet wurden, freute sich mein Arzt: »Das Baby sitzt gut und entwickelt sich prächtig. Dies ist jetzt eine richtige Bilderbuchschwangerschaft.«
Doch trotz seiner Worte, die mich eigentlich hätten beruhigen müssen, verschwand die mir damals unbegreifliche latente Angst um mein Kind nie völlig. Diese Angst konnte sich plötzlich ohne äußeren Anlaß für Momente zu panischem, läh-

mendem Schrecken steigern, schwang meistens lediglich irgendwo im Hintergrund düster mit, ließ sich aber nie ganz verdrängen. Ich las damals Berge von Schwangerschaftsbüchern, kannte den normalen Verlauf von Schwangerschaften und die möglichen Komplikationen, die ärztlicher Hilfe bedurften, und war stets froh, keines der beschriebenen Symptome an mir festzustellen.

Wenn ich auch versuchte, mir keine Sorgen zu machen und mich vom Verstand her zu beruhigen, hatte ich doch in ständig zunehmendem Maße das Gefühl, diese Schwangerschaft hinter mich bringen zu müssen, und sehnte bereits jetzt den Tag der Geburt wie eine Erlösung herbei. Einige dieser Befürchtungen waren sicher normal. Was mich jedoch von allen anderen Schwangeren, die ich kannte, unterschied, war die Intuition, ich würde dieses Kind letzten Endes doch verlieren. Seltsamerweise machte ich mir nicht einen Augenblick lang darüber Gedanken, mein Kind könne krank oder behindert sein. Ich wußte, es war gesund. Was wie ein Damoklesschwert über mir hing, war die Vision eines sterbenden Kindes. Bereits jetzt sah ich es im Brutkasten liegen, angeschlossen an lebenserhaltende Geräte, bedeckt von Infusionsschläuchen, seinen Kampf verlierend.

Im Grunde war dies eine ganz genaue Voraussicht dessen, was später tatsächlich eintrat. Vor diesem Hintergrund entstand ein ganz intensives Verhältnis zu dem Kind, das weiter in mir wuchs. Ich wollte es schützen und behüten. Schon jetzt bildete es den Mittelpunkt meines Lebens, und ich war mir sicher, seine Persönlichkeit genau so akzeptieren zu können, wie sie war, ohne Wenn und Aber. Noch ahnte ich ja nicht, auf welch harte Probe diese Bedingungslosigkeit der Liebe gestellt werden sollte.

Im Herbst spürte ich das erste zarte Strampeln, ein ganz leises Pochen, das mir zu sagen schien: »Hallo, ich bin da!« So sehr ich aufgrund meiner Ängste die Geburt herbeisehnte, so sehr genoß ich es auch in diesen Augenblicken, mein Kind in mir zu tragen – würde ich doch nie mehr so eng mit ihm verbunden sein.

Natürlich machte mir schon das Einkaufen all der Sachen, die mein Baby bald brauchen würde, großen Spaß. Fröhlich erstand ich bezaubernde Wäsche und Strampelhöschen, Badehandtücher und gleich zwei Spieluhren, die ich zu Hause, die Kinderlieder mitsummend, so lange spielen ließ, bis die Batterien leer waren. Auch das Badethermometer ließ ich schon einmal probeschwimmen. Ich bestellte ein romantisches Himmelbett, kaufte Bettwäsche dazu und passende Gardinen mit Kindermotiven.
Warum nur verließ mich bei aller Freude nie das Gefühl, all dieses niemals zu brauchen? Wieso saß da ein nicht zu vertreibender Dämon in mir, der zwischendurch immer zu warnen schien: ›Alles umsonst!‹?
Ulrich hielt mich für hysterisch.

Ich besuchte einen Geburtsvorbereitungskurs und unterschied mich zu meiner Beruhigung durch nichts von den anderen Schwangeren. Die leitende Hebamme erklärte als erstes den Geburtsvorgang, zeichnete die optimale Lage des Kindes während der Geburt an der Tafel auf, beschrieb, wann es sich in welche Position drehen müsse. Ich folgte ihren Ausführungen kaum.
Im nachhinein habe ich mir oft die Frage gestellt, warum mich gerade dieses vollkommen unbeteiligt gelassen hatte. Sonst war ich doch von jeher stark interessiert an allen medizinischen Sachverhalten, auch wenn sie mich gar nicht selbst betrafen. Warum nur hatte ich damals das Gefühl gehabt, mich ginge das alles nichts an? »Auf die Lage des Kindes habe ich ohnehin keinen Einfluß«, sagte ich mir. »Der Geburtshelfer wird sie feststellen und entsprechend handeln.« Nein, über die Geburt machte ich mir damals überhaupt keine Gedanken. Hätte ich unser Schicksal ändern können?

Meine Ängste versuchte ich, darauf zurückzuführen und zu beschwichtigen, daß ich nach wie vor sehr viel allein war. Wir waren erst vor kurzem an die Nähe von Koblenz, nach Andernach gezogen, und ich kannte hier noch kaum jemanden. Zwar wohnte ich mit Ulrich unter einem Dach, doch lebte jeder mehr oder weniger in seinen Räumen für sich allein. Mein hauptsächlicher Außenkontakt bildete das Telefonieren mit Freundinnen und sehr oft mit meiner Mutter. Als sie sich zwi-

schendurch Urlaub nahm und mich besuchte, ging es mir tatsächlich besser.
Wir erledigten zusammen den Hausputz, kochten, kauften weitere Umstandskleider ein und machten ausgedehnte Spaziergänge. Endlich durfte ich wieder etwas mit jemandem zusammen unternehmen, den Cappuccino im Café trinken oder ins Theater gehen. Endlich hatte ich wieder jemanden, mit dem ich lachen konnte, jemanden zum Reden, der es auch verstand, mich zu beruhigen. Vor allem aber jemanden, der sich mit mir gemeinsam auf mein Kind freute, fast so sehr wie ich selbst. An dem Abend, an dem meine Mutter zurück nach Hause fuhr, weinte ich hemmungslos. Ich fühlte mich wieder allein, hilflos, und die irreale Angst, mein Baby zu verlieren, loderte neu in mir hoch.
In meinem Innern war mir, als erwartete ich ständig die Katastrophe. Von Unruhe erfüllt beeilte ich mich, die letzten nötigen Babysachen zu besorgen. Was mich trieb war das Gefühl, ich könne dies bald nicht mehr.
Doch haftete meinen Aktivitäten zunehmend etwas für mich Unwirkliches an, so als wüßte ich, daß dieses Kind all diese Dinge niemals benötigen würde. Ich hatte aufgehört, mich zu freuen.

Die heftigen Szenen mit Ulrich setzten sich fort. Dabei ging es immer wieder vor allem um zwei Streitpunkte: Der erste war meine Schwiegermutter. Sie war und blieb der wichtigste Mensch in Ulrichs Leben. Als ihr Sohn erst drei Jahre alt war,

hatte sie sich – für die damalige Zeit vollkommen ungewöhnlich – scheiden lassen, war später allein mit ihm aus Zeitz in der ehemaligen DDR in den Westen geflüchtet. So entstand natürlich ein ganz enges Band zwischen Mutter und Sohn. Ulrich wohnte auch noch die ganze Studienzeit über bei ihr und besuchte sie später an jedem Wochenende. Als er endlich, mittlerweile 45jährig, eine 20 Jahre jüngere Frau heiratete, waren die Probleme vorprogrammiert. In ihren Augen war ich der Eindringling. Oft beschwerte sie sich bei ihm über mich, und gleichgültig, ob sie nicht wußte, was sie hiermit anrichtete, oder gar bewußt gegen mich intrigierte – sie setzte mich so Ulrichs Zorn und seinen bösen Vorwürfen aus.
Der zweite Anlaß für unsere Auseinandersetzungen war unser Haus. Wir hatten es zu Beginn unserer Ehe vor zwei Jahren gekauft. Es war eher bescheiden; damals glaubten wir, uns kein größeres leisten zu können. Aber ich liebte dieses Haus, verband mit ihm alle meine jungmädchenhaften Zukunftsträume vom eigenen Heim, dem Zuhause unserer Kinder. Mit viel Mühe richtete ich es ein, bis es in jedem Detail meine Persönlichkeit widerstrahlte – so zum Beispiel das Badezimmer mit seinen blaßblau abgesetzten Ornamentfliesen und dem Waschbecken im Jugendstil mit Kreuzgriffen. Oder der große Eichentisch im Eßzimmer, den immer ein zur Jahreszeit passender selbst geschnittener Blumenstrauß schmückte. Dann machte Ulrich unverhofft eine größere Erbschaft. Von da an fand er unser Haus ›poplig‹.

Es gibt Häuser, die sind repräsentativ. Und dann die Scheiß-Treppen!‹ Dieses Problem hätten wir sachlich angehen und notfalls durch einen Umzug lösen können. Doch Umziehen wollte Ulrich nicht mehr. Das war ihm zu viel Mühe. Also schimpfte, nörgelte und lamentierte er Tag für Tag in einem fort über etwas, das ich allein nicht ändern konnte.

Es war November, als dann eines Nachts tatsächlich gefährliche Komplikationen eintraten. Wieder einmal hatte Ulrich furchtbar mit mir gestritten. Worum es im einzelnen ging, weiß ich heute nicht mehr. Ich weiß nur noch, daß ich ihn anflehte, aufzuhören: »Denk doch an das Kind!« Er war betrunken. Sein Gesicht war verquollen und hochrot, seine Augen blutunterlaufen. Ich empfand Abscheu. »Warum habe ich bloß geheiratet?«, knirschte er aggressiv zwischen mahlenden Zähnen hervor. »Ich lasse mich von dir scheiden!« Aufgelöst und schluchzend schloß ich mich in meinem Zimmer ein. Ich konnte und konnte mich nicht beruhigen. Als ich Ulrich schon lange in seinem Zimmer schnarchen hörte, wälzte ich mich noch immer zitternd im Bett.
Und plötzlich verspürte ich einen ziehenden Schmerz im Unterleib, fühlte ich meinen runden Leib hart werden. Vor jähem Schrecken schlug mir das Herz bis zum Halse. Gleichzeitig war ich nicht überrascht. Mir war vielmehr, als hätte ich dies erwartet. Ich wußte, es waren vorzeitige Wehen. Ich wußte, daß mein Kind noch keine Über-

lebenschance hatte. Ich wußte, daß ich mich sofort ins Krankenhaus begeben mußte.
Es war drei Uhr morgens, als ich ängstlich versuchte, Ulrich zu wecken. Er drehte sich im Schlaf herum und nannte mich wieder einmal hysterisch. Zurück in meinem Zimmer verschwanden die Symptome zunächst auch. Tief durchatmend versuchte ich, zur Ruhe zu kommen. Dann setzten die Wehen aber erneut in unregelmäßigen Abständen ein.
Gegen fünf wagte ich noch einmal einen Vorstoß, Ulrich zu wecken. Er tobte. Er habe an diesem Vormittag wichtige Termine im Seminar. Er müsse ausgeschlafen sein. Seine eigene Frau mache ihn fertig.
Um mich weiter zu provozieren, duschte er ausführlich, fönte in seiner umständlichen Art die Haare. Ich bangte um jede Minute. Als ich ihn drängte, sich zu beeilen, brüllte er mich wieder an, schmiß zu meinem Entsetzten seine Kleidung zu Boden und stampfte wie durchgedreht darauf herum. Endlich saßen wir im Auto. Schweigend, aber in unkontrolliert hektischem Fahrstil, brachte er mich zu dem Krankenhaus, das mein Gynäkologe, Dr. Ulrici, mir zur Entbindung empfohlen hatte. Er setzte mich an der Pforte ab und fuhr sofort weiter.
Allein fragte ich mich durch zur Notaufnahme, dort schickte man mich zum Kreißsaal. ›Bitte klingeln‹, stand an der Tür. Ich drückte den Knopf. Eine Hebamme öffnete. Ich konnte nur noch weinen.

Der Wehenschreiber zeichnete unregelmäßige Wehen auf. Gott sei Dank war der Muttermund noch fest geschlossen. Aber man nahm mich stationär auf. Intravenös erhielt ich Partusisten, ein wehenhemmendes Mittel. Man gab mir auch etwas zur Beruhigung.
»Dem Baby geht es gut«, hatte die Hebamme gesagt. Immer wieder sagte ich mir dies vor, als ich auf meinem Krankenhausbett lag. Ich wollte mich beruhigen.
Auch wollte ich dringend einen Arzt befragen, was nun geschehen würde, was ich zu erwarten hätte. Die Schwestern vertrösteten mich kurz angebunden; fast kam ich mir schon vergessen vor.
Als Professor Hochwald endlich am Nachmittag erschien, hielt er überwiegend Smalltalk mit meiner Zimmernachbarin. »Geduld«, war das einzige Wort, das er an mich richtete. »Geduld!«
Von Anfang an hatte ich von diesem Krankenhaus einen schlechten Eindruck. Die Schwestern empfand ich als oberflächlich und unfreundlich, den Arzt als arrogant. Doch sprach ich mir gut zu, dies sei wohl Klinikalltag. Und schließlich hatte Dr. Ulrici mir speziell diesen Geburtshelfer empfohlen.
Warum nur hatte ich mich nicht auf mein spontanes Gefühl verlassen?
Warum habe ich mich nicht durchgesetzt, nicht sofort ein anderes Krankenhaus aufgesucht, nachdem ich zu Professor Hochwald von Anfang an kein Vertrauen fassen konnte?
Ich war gefangen in Klinikroutine. Nachdem mei-

ne Bettnachbarin am nächsten Vormittag das Krankenhaus verlassen hatte, lag ich allein im Zimmer und empfand die Ruhe als wohltuend. Allerdings focht ich kleine Kämpfe mit den Schwestern aus, um ein von Dr. Ulrici verordnetes harmloses Eisenpräparat, das sie mir nicht geben wollten, zu bekommen, wohingegen ich Atosil, ein hochwirksames Beruhigungsmittel, das ich aber ablehnte, nehmen sollte. Das Eisenpräparat ließ ich mir daraufhin von Ulrich mitbringen, und die Atosil-Zäpfchen spülte ich in die Toilette. Nachmittags holte mich ein sehr freundlicher junger Assistenzarzt zur Ultraschalluntersuchung ab. Er zeigte mir auf dem Bildschirm mein für die 24. Woche sehr gut entwickeltes Kind, das gerade am Däumchen lutschte. Unsagbar erleichtert lachte und scherzte ich mit ihm. Zur Erinnerung schoß er das erste Foto von meinem Baby und schenkte es mir.

Als ich recht zuversichtlich wieder in meinem Bett lag, begann ich zum Zeitvertreib, zur Beruhigung, vor allem aber aus einer ganz innigen Verbundenheit mit meinem Kind heraus, intensiver Tagebuch zu schreiben. Später wollte ich es ihm einmal schenken. Vielleicht zu seinem 16. Geburtstag, malte ich mir aus, damit es nachlesen könnte, wieviel es mir von Anfang an bedeutet hat. Negative Gefühle sollten, um es niemals mit meinen eigenen Problemen zu belasten, hierin keinen Platz finden. Im Grunde waren es zärtliche Liebeserklärungen, die an mein Kind gerichtet, stets mit ›Mein Kleines!‹, ›Mein Liebling!‹ oder ähnlich begannen.

Um zwei Uhr morgens zog man – Licht an und viel Getöse – das Nachbarbett hinaus. Ich lag lange wach und wartete gespannt, wen man nun hineinschieben würde. Doch ich wagte nicht, die Nachtschwester zu fragen. Erst am nächsten Vormittag wurde eine Wöchnerin nach nächtlichem Notkaiserschnitt hereingefahren. Ab Mittag erhielt sie ständig Telefonanrufe, ließ erschöpft Glückwünsche über sich ergehen, erzählte immer wieder die gleiche Geschichte. Bald bevölkerten ihre zahlreichen Besucher unser Zimmer, fast saßen sie auf meinem Bett, die Luft wurde immer schlechter. Zwischendurch brachte man ihr Baby, einen kräftigen Jungen, Maximilian, der sein Fäustchen um ihren Finger schloß. »Passen Sie auf, daß Sie Ihr's nicht verlieren!«, warnte sie mich.
Der Wehenschreiber zeichnete an diesem Abend Welle an Welle auf, immer höher und immer stärker ausschlagend. Ich bemühte mich, nicht hinzusehen. Tief durchatmend versuchte ich, an etwas ganz anderes zu denken, suggerierte mir Ruhe. Mein Kind strampelte heftig in mir, so als hätte sich meine Nervosität übertragen. »Nein, ich werde dich nicht verlieren«, sprach ich entschieden zu ihm. Als wäre mein Wille Beschluß, ließen die Wehen auch tatsächlich wieder nach.
Am nächsten Morgen nahm man sogar die Partusisten-Infusion ab und gab mir die höchstmögliche Tablettendosis dieses Mittels, alle zwei Stunden eine, rund um die Uhr. Auch wurde ich in ein anderes Zimmer verlegt, zu einer Leidensge-

nossin, mit gleicher Diagnose und gleicher Therapie. Das tröstete mich und gab mir Hoffnung. Sogleich fühlte ich mich entspannter.
Ulrich besuchte mich im zwei-Tage-Rhythmus. Wenn er kam, klopfte er gleich zu Beginn auf seine Armbanduhr und sagte: »Ich bleibe bis soundsoviel Uhr!«
Trotzdem war sein Kommen für mich immer der Höhepunkt des Krankenhausalltags, nach dem ich mich innerlich ausrichtete. Seine Mutter war bei uns eingezogen, um den Haushalt zu versorgen. Was er mir zu erzählen hatte, waren ihre Klagen darüber, daß im Schirmständer welke Blätter gelegen hätten oder die Schränke obenauf lange nicht mehr staubgewischt worden seien. Ich versuchte, dies zu überhören und mir gar nicht erst auszumalen, in welchen Zustand sie mein Heim jetzt wohl versetzte. Im übrigen sei mein Verbrauch an Nachthemden zu groß, sie könne maximal zwei pro Woche bügeln. Einmal kam sie mit. »Ich gehe nicht gerne in Krankenhäuser, aber ich mache meine Pflichtbesuche«, begrüßte sie mich. Ulrich sorgte sich darum, ob seiner Mutter die Zeit zu lang oder die Luft zu schlecht würde. Aber er besprach sich in keiner Weise mit dem Arzt, als dieser bei seinem obligatorischen Nachmittagsrundgang bei uns hereinschaute.
Ich zwang mich zur Ruhe. Als die Tablettendosis Ende der 26. Woche auf sechs pro Tag reduziert war, durfte ich nach Hause. Ich hatte strikte Anweisung, ausschließlich zu liegen. Genau das, wovor ich mich so gefürchtet hatte, war eingetreten:

Ich lebte wieder in Abhängigkeit von Ulrich. Mir graute vor Zuhause.

Die meiste Zeit verbrachte ich allein in meinem Zimmer, Ulrich brachte mir lediglich die Mahlzeiten herauf und verbrachte seine gesamte Freizeit mit seiner Mutter, die weiterhin bei uns lebte. Ihre ständigen Beschwerden über mich durfte ich nun hautnah erleben. Zwar trank und brüllte er nicht in ihrer Anwesenheit, aber er beschimpfte mich, wenn wir allein waren, in verhaltener Lautstärke. Ein freundliches Wort gab es nie, so daß ich irgendwann bereits zusammenfuhr, wenn ich nur seine Schritte auf der Treppe hörte.

Einmal besuchte mich meine Mutter für einen Tag. »Daß dir das so gut gefällt, immer im Bett«, provozierte sie mich scherzend. »Das gehört sich wohl so – ich brüte!«, antwortete ich mit todernster Miene. Es war das einzige Mal, daß ich in dieser ganzen Zeit lachte.

Am ersten Advent nahmen die Wehen wieder besorgniserregend zu. Zur Ablenkung und Beruhigung bat ich Ulrich, sich auf eine Tasse Kaffee für ein Stündchen einmal allein zu mir zu setzen. »Nicht am Adventssonntag!«, kam die Antwort. »Entweder kommen wir beide hoch, oder du bleibst allein!« Ich blieb weinend allein.

Abends mußte ich Ulrich bitten, mich zurück zum Krankenhaus zu fahren. Erneut erhielt ich Partusi-

sten per Infusion. »Das Theater geht mir jetzt auf die Nerven«, kommentierte mein Ehemann. »Du bleibst jetzt hier, bis das Kind da ist!«
Wieder konnten die Wehen eingedämmt werden. Sie hörten zwar nie ganz auf, aber mit Partusisten, das man allmählich wieder reduzierte und dann bei einer mittleren Dosis hielt, nahm man ihnen, wie der Oberarzt, Dr. Dusthoff, es nannte, ›die Spitze‹. Dieser Oberarzt war stets sehr ruhig und freundlich, nahm Fragen ernst und beantwortete sie ausführlich. Weil ich abends vermehrt Wehen spürte, ordnete er während eines Urlaubes des Professors an, sie regelmäßig abends aufzuzeichnen. Nach seiner Rückkehr beschloß Professor Hochwald dann wieder, der Routine entsprechend morgens den Wehenschreiber anzulegen. Dr. Dusthoff schüttelte über diese ›Kosmetik‹, wie er es nannte, den Kopf. Regelmäßig schaute er daraufhin zu mir herein und untersuchte mich. »Muttermund geschlossen. Köpfchen frei beweglich über dem Beckeneingang«, kommentierte er stets erleichtert.
Wieder lag ich mit einer Frau auf einem Zimmer, die in der gleichen Situation war wie ich. Wir verstanden uns auf Anhieb und hatten viel Spaß miteinander. Eine der wenigen fröhlichen Schwestern nannte unser Zimmer das der ›vorwitzigen Kinder‹, worüber wir zu dritt lachten.

So zog mich nichts mehr zurück nach Hause. Ich hatte Angst vor einer erneuten unkontrollierten Zunahme der Wehen. Vor allem aber hatte ich

Angst davor, den Launen Ulrichs und den Angriffen seiner Mutter ausgeliefert zu sein, Angst vor dem Gefühl der Abhängigkeit und Ohnmacht. Hier im Krankenhaus wurde ich versorgt, ohne mir deshalb Vorwürfe anhören zu müssen. Ein schlechtes Gewissen brauchte ich auch nicht zu haben, denn schließlich war es der Beruf der Schwestern und Ärzte. Und ich war ihnen – hoffentlich – eine freundliche und angenehme Patientin, die sich nie beklagte. Im nachhinein beurteile ich mich als zu geduldig und zu wenig selbstbewußt, wenn ich mich auch dann nicht beschwerte, wenn man ausgerechnet zu verschiebbaren Untersuchungen wie Wiegen oder Blutabnehmen rief, während ich gerade eingeseift im Bad stand oder das Mittagessen kalt wurde. Egal, all dies war besser als die düster angespannte und von Streit bestimmte, lieblose Atmosphäre zu Hause.
Vor allem beobachtete ich stets eine Zunahme meiner Wehen, wenn sie aufgezeichnet wurden, wenn Ulrich mich gerade besucht hatte oder noch anwesend war. Seine vorwurfsvoll hektische Art machte mich selbst im Krankenhaus noch nervös.
Genau deshalb avancierte ich in den Augen des Professors allmählich zur Hypochonderin. Er kannte den Hintergrund nicht, und ich vertraute mich ihm nicht an. In diesem Mißtrauen lag der Ursprung des späteren Verhängnisses.
Innerlich traf ich die Entscheidung, im Krankenhaus zu bleiben. Ich wollte mein Kind vor Ulrich

schützen. Traurig wurde ich allerdings jedesmal, wenn der Ehemann meiner Zimmergenossin zu Besuch kam. Beruflich eingespannt kam er zwar immer spät und auch nur kurz. Aber wie anders behandelte er seine Frau! Er lachte und scherzte mit ihr, hielt zärtlich ihre Hand, strahlte sie an, verwöhnte sie mit kleinen Aufmerksamkeiten.
Mir tat es weh, diese beiden zu beobachten. An seinem Geburtstag schaute Ulrich nur kurz herein. Kaum war er da, rief auch schon seine Mutter an: »Ist Ulrich immer noch bei dir?«, wollte sie wissen. Er müsse dringend zurückkommen,um ihre plötzlich erkrankte Katze zum Tierarzt zu bringen. Ich konnte es nicht fassen.

Kurz vor Weihnachten wurde ich doch noch einmal nach Hause entlassen. Zu unserem zweiten Hochzeitstag, drei Tage vor Heiligabend, schenkte Ulrich mir einen Brillantring. Er hatte sich viel Mühe damit gegeben, diesen Ring, der genau meinem Geschmack entsprach, auszusuchen. Ich freute mich sehr. Nach langer Zeit stieg wieder ein Gefühl der Wärme für ihn in mir auf. Ich tröstete mich, vermutlich sei er wirklich überfordert, seine Nerven zu angespannt. Aber einen Tag darauf setzten erneut so heftige Wehen ein, daß er mich wieder ins Krankenhaus bringen mußte. Auf der ganzen Fahrt dorthin tobte er: »Diese hysterische Ziege bildet sich wieder ein, sie hätte Wehen!«
Er raste durch Schlaglöcher ohne Rücksicht auf meinen Zustand. Als man mich erneut stationär aufnahm, schrie er mich weiter an, anstatt mich zu trösten.

Das Krankenhaus leerte sich. Wer eben konnte, ging über die Feiertage nach Hause. Ich war allein.
Den Nachmittag des Heiligen Abend verbrachte Ulrich bei mir, wir tauschten Kleinigkeiten aus und gingen freundlich miteinander um. Meine Mutter kam tags darauf für mehrere Tage zu Besuch, was mich etwas ablenkte.
Silvester bot Dr. Dusthoff mir an, zu Hause zu feiern und am Neujahrstag zurückzukommen. Ulrich lehnte es ab: »Ich machte das Theater nicht mehr mit, wenn du wieder meinst, du hättest Wehen!« Er schaute am frühen Abend kurz zu mir herein, obwohl er ausnahmsweise bis nach Mitternacht hätte bleiben dürfen. »Ruf mich um 12 Uhr an«, verabschiedete er sich, »oder besser, viertel nach zwölf, damit ich in Ruhe mit meiner Mutter anstoßen kann!«
Um Mitternacht stand ich einsam am geöffneten Fenster. Ich lauschte dem Geläut der Glocken und sagte mir, ich sei ja nicht allein, wir, mein Kind und ich, seien ja zu zweit. Andächtig streichelte ich über meinen Bauch. Bevor ich mich schlafen legte, schrieb ich in mein Tagebuch:

Silvester 1986

Mein geliebtes Baby!

Ein aufreibendes Jahr geht zu Ende. 1986 hat viele Sorgen gebracht und Geduld erfordert – aber vor allem auch viel Freude bereitet: die Vorfreude auf Dich.

Im vergangenen Jahr, als ich darauf wartete, schwanger zu werden, hätte ich gerne mit einer Frau getauscht, die wie ich im achten Monat schwanger über Silvester im Krankenhaus liegen muß.
Und ich freue mich auf 1987, weil es Dein Geburtsjahr sein wird!

Im Januar war die größte Gefahr gebannt. Ich erhielt zur Vorsicht eine Serie von sogenannten »Lungenreifespritzen«, aber bei einer Frühgeburt hätte mein Baby mittlerweile gute Chancen gehabt, gesund zu überleben. Ich freute mich wieder auf mein Kind, begriff es als Geschenk Gottes, es zu erwarten. Es machte mir Spaß, mich mit ihm zu ›unterhalten‹: Drückte ich an einer bestimmten Stelle auf meinen Bauch, boxte es regelmäßig dagegen. Beruhigt folgte ich lediglich noch dem Ziel, mein Kind so lange auszutragen, daß ihm der Brutkasten erspart bliebe.
Denn ich wollte nur das allerbeste für dieses Kind. Von Anfang an sollte es mit der größten Liebe und Geborgenheit empfangen werden. Es sollte vom ersten Moment an das sichere Gefühl des Angenommenseins spüren. Ich machte mir Gedanken über Erziehungsideale, wollte es konsequent zu einer von Wertmaßstäben wie Rücksicht, Nächstenliebe und Verantwortung geprägten Haltung erziehen. Allmählich zog ich Namen in die engere Wahl. In der sicheren Überzeugung, mein Kind sei ein Junge, allerdings kaum Mädchennamen. Zum Zeitvertreib bastelte ich ein aufwendiges Mobile aus Clowns.

Allerdings war ich nicht immer guter Stimmung. Manchmal wußte ich nicht mehr, wie ich noch liegen sollte; jede Lage tat mir irgendwie weh. Ich konnte nicht mehr lesen und nicht mehr fernsehen, das Krankenhausessen empfand ich von Tag zu Tag geschmackloser. Die Zeit verstrich nicht, auch wenn ich viel in mein Tagebuch schrieb oder telefonierte.

Aus diesem Grunde blieben Ulrichs Besuche die Höhepunkte, die den Krankenhaustrott alle zwei Tage unterbrachen. Für ihn machte ich mich zurecht, freute mich auf ihn, weil ich ihn brauchte, und jetzt, wo ich aufstehen durfte, begleitete ich ihn zum Abschluß jedes Mal zum Aufzug.

Nie fühlte er meinen Bauch, wenn das Baby strampelte. Nach wie vor griff er mich an, schimpfte, ich verbrauche zu viel Wäsche oder Kosmetik. Er gab die Vorwürfe seiner Mutter weiter, ich hätte meinen Haushalt nicht im Griff. Manches Mal regte er mich so auf, daß ich weinte. Immer blieb er nur kurz, oft sagte er seine Besuche telefonisch, mit ungeduldigen Angriffen begleitet, ganz ab.

Immer wieder zwang ich mich zur Ruhe. »Still, du willst schließlich dein Kind gesund zur Welt bringen!« Aber in mir stiegen Gedanken an eine Scheidung auf, an Flucht aus der Ehe.

Innerlich traf ich bereits damals die Entscheidung, mein Kind zu nehmen und Ulrich zu verlassen, wenn er sich nach der Geburt nicht ändern würde. Ich malte mir sogar ein freundliches,

harmonisches Leben allein mit meinem süßen Baby aus.
Ulrich hatte nie ein Interesse daran, die Ultraschalluntersuchungen mitzuverfolgen. Wurde ich während seiner Besuche hierzu gerufen, so nahm er es erleichtert als Grund, sich schnell zu verabschieden. Mitte Januar folgte ich wieder einmal enttäuscht dem netten jungen Assistenzarzt. Als er das Geschlecht des Kindes erkannte, fragte er, ob ich es wissen wollte. »Es ist ein Junge«, meinte ich entschieden. »Sie haben recht«, schmunzelte er heiter.
Meine Verbitterung über Ulrich fiel in diesem Moment schlagartig von mir ab. Heiß durchströmte mich die Freude – mein Kind war nun greifbarer, kein geschlechtsloses Neutrum mehr. Ich erwartete tatsächlich einen Sohn – auch wenn ich mich über ein Mädchen genauso gefreut hätte.
Abends träumte ich davon, wie er wohl aussähe, wem er ähnelte, welches Wesen er entwickeln würde.
»Gute Nacht, kleiner Christopher, schlaf gut«, beendete ich meinen Tagebucheintrag.
Wenige Tage darauf führten Ulrich und ich eine erhitzte Diskussion darüber, ob meine Mutter mich nach dem Krankenhausaufenthalt bis zur Geburt des Kindes besuchen dürfe. In ungefähr drei bis vier Wochen sollte ich entlassen werden.
Sie wollte sich Urlaub nehmen, um mich dann die letzte Zeit nicht allein zu lassen. Ich freute mich darauf, endlich wieder nach Hause zu kommen, nicht mehr liegen zu müssen und mit ihr

gemeinsam die letzten Vorbereitungen für das Baby zu treffen. Ulrich lehnte dies kategorisch ab.
»Deine Mutter hat sich die ganze Zeit nicht gekümmert. Wo war sie denn bisher?«, brüllte er mich an.
»Sie ist berufstätig. Sie konnte sich nicht monatelang frei machen«, verteidigte ich sie.
»Jetzt, auf einmal, da kann sie es«, schimpfte er weiter. »Meine Mutter bleibt bis zur Geburt des Kindes, und wenn du sie brauchst auch darüber hinaus!«
»Ich werde sie bestimmt nicht brauchen!«, konterte ich wütend.
Das Zusammenleben mit Ulrichs Mutter erschien mir nach diesem monatelangen Liegen als Alptraum, der mir die Lust nahm, überhaupt nach Hause zu gehen.
In dieser Nacht setzten Wehen ein, die kaum aufzuhalten waren. Die Hebamme alarmierte den diensthabenden Gynäkologen. Per Infusion erhielt ich die Höchstdosis Partusisten. Am nächsten Morgen brach ich bei der Visite erschöpft in Tränen aus. Der Oberarzt legte tröstend seine Hand auf mein Haar.
»Aber Ihr Kind ist ja noch da«, vermerkte Professor Hochwald zynisch.
Die Tage reihten sich endlos weiter aneinander. Die Klinikroutine wurde zunehmend nervtötend, der Wechsel der Zimmernachbarinnen anstrengend. Für mich war es jedesmal ein Glück, wenn es sich um eine Schwangere mit Komplikationen handelte. Oft legte man mir frisch Operierte her-

ein, die die Narkose ausschliefen, weshalb die Schwestern das Zimmer verdunkelten und ich so gar nicht mehr wußte, was ich tun sollte.
Aber auch sonst konnte ich längst nicht mehr lesen oder fernsehen, vor allem nicht mehr liegen. Einmal rief mich Pia, eine ehemalige Kommilitonin, an. »Achte Woche!«, freute sie sich. »Aber sei mir nicht böse, wenn ich dir die Liegerei nicht nachmache!«

Wie im ersten Schwangerschaftsdrittel zählte ich die Wochen, noch vier, noch drei, noch zwei. Ende Januar schrieb ich in Christophers Tagebuch:

Kleiner Christopher!

In Gedanken schmücke ich Dein Zimmer aus, besorge noch dies und jenes. Ich träume stundenlang davon, mit Dir zusammenzusein, Dich zu wickeln, zu baden, zu füttern, mir Dir zu spielen und zu scherzen, Dir später Gute-Nacht-Geschichten und Märchen zu erzählen.
Ach, mein Liebling, wie freue ich mich auf Dich!

Die Vorfreude auf mein Kind hielt mich aufrecht. Dann zählte ich die Tage bis zur Entlassung, noch vier, noch drei, noch zwei, noch einer. Am letzten Abend holte mich der nette junge Assistenzarzt noch einmal zum Ultraschall ab. »Du lieber Gott, ihr Kleiner ist ein richtiges Dickerchen geworden«, rief er überrascht.
Er vermaß, daß Kopf- und Brustumfang bereits

jetzt, Ende der 36. Schwangerschaftswoche, dem Entwicklungsstadium der 40 Schwangerschaftswoche entsprächen und errechnete, mein Kind wöge mindestens sieben Pfund.

»Nun, mein Junge, dann wachse in den nächsten vier Wochen noch tüchtig so weiter«, scherzte er.

Ich freute mich:

»Dann ist dieser letzte Abend für mich ja gerettet!«

»Die ganze Schwangerschaft ist gerettet«, verbesserte er.

Seine Worte klingen mir bis heute in den Ohren.

Am nächsten Morgen bei der Abschlußvisite kommentierte Professor Hochwald lakonisch: »Ihr Kind ist ja ein Riese. Sie haben eine lustige Entbindung vor sich.«

Mittags holte Ulrich mich ab. Tags zuvor hatte er seine Mutter doch noch zu ihr nach Hause gebracht. Ich betrat unser Haus. Eine abschreckende Kühle schlug mir entgegen. Das Parkett war so blank geputzt, daß man fürchtete auszurutschen. Aber nirgendwo war ein Blumenstrauß, alle Kerzen waren weggeräumt.

Am nächsten Tag sollte meine Mutter anreisen. Bewußt wollte ich diesen ersten Abend zu Hause mit Ulrich allein verbringen, erhoffte mir gemütliche vertraute Zweisamkeit bei einem kleinen Essen und romantischer Musik. Aber Ulrich betrank sich bereits am frühen Abend und lag schon um 20 Uhr schnarchend im Bett.

Ich rief meine Mutter an. Als sie den Hörer abhob, weinte ich bereits.

»Du sitzt doch wohl nicht schon wieder alleine zu Hause«, konnte sie sich nicht beherrschen. »Beruhige dich, ab morgen machen wir es uns schön!«
Als sie kam, bezogen wir das Bettchen, kauften Windeln und Babytee ein, machten ein Wochenende lang das sterile Haus wieder zu einem wohnlichen Heim.
In Christophers Tagebuch schrieb ich Mitte Februar:

Mein Kleiner!

Wenn ich in den nächsten Tagen erneut den Klinikkoffer packe, ist es diesmal für Deine Geburt. Die Anziehsachen, die Du dann auf dem Heimweg brauchen wirst, liegen schon bereit – ich habe für diesen besonderen Tag auch ganz besonders niedliche Sachen ausgesucht!

Vor der Geburt hatte ich überhaupt keine Angst. Ich betrachtete sie als einen natürlichen Vorgang. Die Schmerzen würde ich schon aushalten, sie gehörten dazu. Was andere Frauen konnten, würde ich wohl auch schaffen. Vor allem mußte ich mein Kind ja schließlich nicht irgendwo in der Dritten Welt, sondern in einer modernen Geburtshilfeklinik eines hochzivilisierten Staates zur Welt bringen – mit allem Wissen und dem höchsten medizinischen Standard. So dachte ich.
Pflichtgemäß suchte ich montags noch einmal meinen Frauenarzt, Dr. Ulrici, auf. Er freute sich

mit mir, daß ich diese Schwangerschaft trotz allem so lange gehalten hatte. »Wenn nur alle Patientinnen so brav wären«, lobte er. »Ohne Ihre Disziplin hätten Sie Ihr Kind sicher verloren!«
Er staunte über die Größe des Kindes. Mit dem Zirkel vermaß er das Verhältnis zwischen meinem Becken und dem Kopf des Kindes. Besorgt schüttelte er den Kopf.
»Das wird eng«, überlegte er. »Es sieht so aus, als passe das Köpfchen nicht durchs Becken.«
»Aber es muß doch geboren werden«, meinte ich.
»Wir können ja auch noch einen Kaiserschnitt machen. Ihr Kind kommt bei der Größe und Wehenbereitschaft ohnehin vor dem errechneten Termin. Ich rechne so in zehn Tagen, also zwei Wochen vor Termin, mit der Geburt. Kommen Sie in genau einer Woche wieder, ich vermesse Kopf und Becken dann noch einmal. Vermutlich werde ich Sie zur Sectio cesarea, zum Kaiserschnitt, einweisen müssen.«

Sectio! Nach allen Strapazen nun auch noch dies!

In den nächsten Tagen fühlte ich mich schlecht. Ich war dick und rund und unbeweglich, meine Hände und Füße geschwollen – wenn doch das Baby endlich käme – von mir aus wirklich gerne vor dem Termin!
Samstags darauf erschien mir mein Kind, das sonst heftig strampelte, merkwürdig ruhig. Ich ängstigte mich, und so legten meine Mutter und

ich laute Rockmusik auf, um es zu wecken. Gott sei Dank! Mit heftigem Strampeln protestierte es gegen diesen Krach. Wir lachten über das Fäustchen, das sich deutlich auf meiner Bauchdecke zeigte. Die Rockschallplatte sollte hinterher noch monatelang auf dem Plattenteller liegen. Ich schaffte es nicht, sie wegzuräumen.
Nachmittags verlor ich blutigen Schleim.
»Dann geht es jetzt bald los«, kommentierte meine Nachbarin, die drei Kinder geboren hatte.
»Hoffentlich!«, dachte ich nur.
Am Samstagabend machte ich es mir mit meiner Mutter gemütlich. Wir suchten einen zweiten Vornamen für das Baby aus und entschieden uns für Max als Kurzform von Maximilian, den Namen meiner Großväter und meines Vaters.
Bevor ich einschlief, schrieb ich ins Tagebuch:

Christopher, mein Schatz!

Bald ist es so weit. Bald kann ich Dich endlich im Arm halten!

Deine Mami

II

Zwei Tage später, am Montag abend, befand ich mich wieder in meinem Krankenhausbett.
Allein.
Ganz allein in diesem Krankenhaus.
Denn mein Kind war abtransportiert worden.
Genau erinnere ich mich daran, daß meine Glieder mir nicht gehorchten, sie zitterten, ohne daß ich einen Einfluß darauf gehabt hätte, sie ruhig zu halten. Meine Arme und Beine bewegten sich so heftig hin und her, daß das ganze Bett vibrierte. Ich beobachtete dies mit Verwunderung, als sähe ich mir selber zu. Vermutlich stand ich unter Schock. Meine Gedanken durchwirbelten mein Hirn, keinen konnte ich festhalten. Das einzige, was mir bewußt blieb, war, daß mein Kind in Lebensgefahr schwebte.
Mein Kind befand sich in allergrößter Gefahr, und ich konnte ihm nicht helfen.
Niemand konnte ihm wirklich helfen. Was ich innerlich klar erfaßte, war, daß alles ausschließlich in Gottes Hand lag. Und genauso klar und deutlich sagte mir meine mütterliche Intuition bereits an diesem ersten Abend, daß mein Kind sterben

würde. Dieses Wissen war da, ließ sich genauso wenig verdrängen wie in den zurückliegenden Monaten der Schwangerschaft. Ich hatte es die ganze Zeit gewußt! Ich hatte so sehr für mein Kind gekämpft, hatte monatelang gelegen und alle Anweisungen befolgt.
Es hatte alles nichts genutzt.
Meine Vision des im Inkubator um sein Leben kämpfenden Kindes hatte sich erfüllt! Paradoxerweise in dem Moment, als eigentlich keine Gefahr mehr bestanden hatte! Als ich mich bereits in Sicherheit gewiegt hatte! Ich hatte kein Frühchen geboren, sondern ein gut entwickeltes, kräftiges, reifes Neugeborenes. Aber ich hatte dem Schicksal kein Schnippchen schlagen können!

Ungeachtet aller Mühen lag mein Kind in einem fernen Krankenhaus auf der Intensivstation in einem Inkubator, angeschlossen an die Beatmungsmaschine. Genau so, wie ich es immer vor Augen gehabt hatte.
Es war, von der wärmenden schützenden Hülle des Mutterleibes weg sofort in die Hände der um sein Leben kämpfenden Ärzte geraten.
Ganz allein war es abtransportiert worden, in dem für den kleinen Winzling viel zu großen Krankenwagen. Mit Blaulicht und Martinshorn war dieser Wagen über die Autobahn von Koblenz nach Bonn gerast, zur nächsten Kinderintensivstation. Noch lange danach reagierte ich auf das Martinshorn mit Schrecken und Zittern.
An diesem Abend aber stellte ich mir nur mein

Kind vor, allein in einem Kasten aus Glas, angeschlossen an Drähte und Schläuche.
Mutterseelenallein.
Zum ersten Mal begriff ich den Ursprung und Inhalt dieses Wortes.
Ich wollte zu meinem Kind, das ich noch nie gesehen hatte. Nicht einmal gesehen hatte ich es!
Nicht einmal sein Gesicht konnte ich mir vorstellen.
Ich wollte zu ihm, war aber nach meiner Sectio selbst angebunden an Infusionen und Katheter.
Wie gefesselt lag ich auf diesem Krankenhausbett.
Ich konnte meinem Kind nicht helfen, konnte nicht einmal zu ihm. Meine Ohnmacht trieb mich zur Verzweiflung.

Die Minuten wurden zu Stunden. Die Zeit verging nicht, nichts konnte mich ablenken. Wie war das nur auszuhalten?
Auch nach der Einnahme eines Schlafmittels nickte ich immer nur kurz ein, schreckte dann wieder hoch, sofort mit dem Bewußtsein, daß mein Kind um sein Leben kämpfte.
Die Worte der Kinderärztin, die Christopher zuerst betreut hatte, klingelten mir in den Ohren. Erst Stunden nach der Geburt hatte sie sich auf Ulrichs und meiner Mutter Drängen zu mir begeben, um mir endlich Auskunft zu erteilen. Sie war am Fußende des Bettes stehengeblieben und hatte mir in knappen Worten mitgeteilt: »Ihr Kind zeigte nach der Geburt keinerlei Reaktionen. Wir mußten es beatmen und weiterverle-

gen. Vermutlich hat es eine Hirnblutung oder ein Hirnödem.«
Hirnblutung oder Hirnödem! Diese Worte hatten die Wirkung eines Dolchstoßes. Keinerlei Reaktionen?
Ich versuchte, Ordnung in das Chaos meiner Gedanken zu bringen und mich zu konzentrieren.
»Hat er denn gar nicht reagiert? Auch nicht unter der Beatmung?«
»Doch, einmal hat er die Ärmchen und Beinchen angezogen«, bestätigte sie.
Er hatte reagiert!
Daran klammerte ich mich, sagte mir dies immer wieder vor. Dabei wußte ich intuitiv klar und deutlich, daß er nie mehr erwachen würde. Seine angeblichen Reaktionen sollten sich später tatsächlich als erste Hirnkrämpfe herausstellen.

Wieder und wieder rekapitulierte ich die Worte des Stationsarztes der Kinderintensivstation, der Christopher nun betreute. Am frühen Abend hatte er mir telefonisch, sehr behutsam und verständnisvoll, Auskünfte erteilt. Dr. Theissen, den ich später als hochsensiblen Menschen kennenlernte, hatte dabei schonungsvoll nur die beruhigenden Aspekte erwähnt.
»Sein Zustand ist stabil«, sagte er mir mit geduldiger Stimme. »Wir haben Herz und Kreislauf unter Kontrolle.«
»Warum muß er überhaupt beatmet werden?«, hatte ich naiv gefragt.
»Wir wissen nicht, ob er eine Hirnschädigung hat.

Falls er diese hat, ist eine solche konstante Beatmung die beste Therapie.«
»Sie wissen also nicht, ob er ein Ödem oder eine Hirnblutung hat?«
»Wir wissen es nicht. Das Schlimmste für Sie als Eltern wird es jetzt sein, abzuwarten und diesen Zustand der Ungewißheit auszuhalten. Das ist für Eltern immer sehr schlimm!«
»Wann werden sie Bescheid wissen?«
»In ein paar Tagen, vielleicht in einer Woche!«
»Aber was glauben Sie? Was meinen Sie aus Ihrer Erfahrung heraus?« hatte ich verzweifelt weiter gebohrt. Seinem Wesen entsprechend hatte Dr. Theissen auch diese Antwort wieder so formuliert, wie ich sie momentan verkraften konnte: »Es gibt keinen Anhaltspunkt für ein Ödem oder eine Blutung. Dies anzunehmen wäre rein spekulativ!«
»Warum reagiert er nicht?«
»Wir mußten ihn zur Beatmung sedieren*. Er kann so gar nicht reagieren.«
Das Ganze war furchtbar. Aber es gab immer noch Hoffnung.
Ich betete, betete, betete. »Lieber Gott, laß ihn leben, laß ihn bloß nicht sterben!« Ich belog mich selbst, wenn ich hinzufügte: ». . . laß ihn überleben in einem Zustand, der für ihn lebenswert ist. Auch wenn er behindert ist, dann laß ihn mir trotzdem. Wenn er nur glücklich ist.«
Ich denke, Gott hat diese Lüge durchschaut. Ich

* mit Beruhigungsmitteln ruhigstellen

wollte mein Kind nicht behindert wissen, nicht zurückstehend hinter anderen.
Ich wollte es gesund, schön – wollte für mein Kind, wie jede Mutter, nur das Allerbeste.
Aber sein und mein Schicksal waren bereits an diesem Mittwoch abend besiegelt. Dieser Mittwoch hatte alles in meinem Leben geändert. Es war Mittwoch, der 25. Februar 1987, der Tag der Geburt meines Kindes.

Gegen sechs Uhr am nächsten Morgen wurden die anderen Babys zu ihren Müttern gebracht. Auf dem Krankenhausflur hörte ich sie mit ihren zarten, krähenden Stimmchen weinen, jungen Kätzchen ähnlich.
Am liebsten hätte ich mir das Kissen über den Kopf gezogen und die Ohren zugehalten. Hier lag ich nun, hatte endlich mein Baby zur Welt gebracht, hatte dies so lange herbeigesehnt, aber niemand brachte mir mein Kind und legte es mir in den Arm. Mein Kind lag weit fort von mir auf einer Intensivstation.
Ich biß mir in die Faust, um nicht zu schreien, und die Tränen rannen unaufhörlich über mein Gesicht.
Um mich selbst kümmerte man sich wenig. Mir erschien es, als mache man um mein Zimmer, wenn irgend möglich, einen Bogen. Der Professor habe angeordnet, sagte mir die Schwester, ich solle allein in dem Zimmer bleiben. ›Um mich zu schonen‹, fragte ich mich, ›oder um zu verhindern, daß ich von dieser Entbindung erzählte.‹

Sie ließ mich aufstehen, half mir noch bis zum Bad, ließ mich dann allein, kurz bevor mein Kreislauf versagte. Aus Angst, beim Umfallen meine schmerzende Bauchwunde aufzureißen, konnte ich mich gerade noch auf die Toilette sinken lassen. Mir war übel, und alles drehte sich.
Ich zog die Klingel; daraufhin half sie mir beim Waschen. Mein Bauch war noch nicht wieder ganz flach, hing irgendwie lose an mir herunter, wie eine leere, nutzlose Hülle. Mein Baby war nicht mehr darin. Es war fort.
Aus dem Spiegel sah mir ein verquollenes Gesicht entgegen – das konnte kaum ich sein. Ich lagerte Wasser ein, die Tränen hatten ihr übriges getan.
Niemand riet mir, meinen Ehering abzunehmen, obwohl meine Hände stark geschwollen waren. Es wurde auch kein Griff zum Hochziehen über meinem Bett angebracht, was mir das Aufrichten sehr erleichtert hätte.
Professor Hochwald erschien zur Morgenvisite. Er wirkte, als koste es ihn Überwindung, mich zu behandeln. Nachdem er meine Wunde untersucht hatte, sagte er noch: »Ich habe soeben mit dem Chefarzt der Kinderklinik telefoniert. Ihr Kind hat Schädigungen an Herz und Nieren. Außerdem zeigt es keinerlei Reaktionen des zentralen Nervensystems.«
Ich bäumte mich auf. »Er kann gar keine Reaktionen zeigen, weil er sediert ist«, verteidigte ich mein Kind.
»Er zeigt auch keine!«
»Weil er es nicht kann. Er ist sediert,« setzten wir diesen sinnlosen Disput fort.

»Wann kann ich zu meinem Kind?«, fragte ich endlich.
»Morgen?«, antwortete er, einer Frage gleich. Dabei wußte ich, er dachte in diesem Moment das gleiche wie ich: mein Kind könne sterben, ohne daß ich es je gesehen hätte.
Nachdem er mein Zimmer verlassen hatte, sank ich erschöpft in meine Kissen. Wieder wirbelten die Gedanken in meinem Kopf. Mein Herz pochte in meiner Kehle.
Ich hob den Hörer ab, um die Nummer der Kinderklinik zu wählen. ›Durfte ich dort am frühen Morgen überhaupt schon stören?‹, zögerte ich zunächst.
Dann rief ich entschlossen dort an. Es ging um mein Kind. Zu lange war ich höflich und zurückhaltend gewesen. »Ich möchte bitte Dr. Theissen sprechen«, verlangte ich.
Er kam auch sofort zum Telefon und beruhigte mich wegen der Herz- und Nierenschädigungen. Diese seien Folgen der Sauerstoffunterversorgung während der Geburt. Sie würden ausheilen. Das größere Problem sei, ob eine Hirnschädigung vorliege oder nicht.
»Wir haben soeben eine Ultraschalluntersuchung des Köpfchens vorgenommen«, erklärte er mir. »Eine Hirnschwellung haben wir Gott sei Dank nicht festgestellt. Ich muß aber betonen, daß Ultraschall kein probates Mittel ist, dies festzustellen, aber eine Computertomographie können wir momentan nicht durchführen.«
Wir mußten abwarten.

Warten, ausharren, Geduld haben.
Und genau die hatte ich nicht.
Jedoch wurde ich auch nicht gefragt.
Zum ersten Mal war die Krankheitsursache, vermutlich nur unbedacht, beim Namen genannt worden: Sauerstoffunterversorgung während der Geburt.
Als meine Mutter und Ulrich erschienen, bat ich sie dringend, nach Bonn zu fahren. Ich glaubte fest an die heilende Wirkung von Liebe und Zuwendung, meinte sicher zu wissen, daß mein Kind uns brauchte, um weiter zu kämpfen, um nicht aufzugeben, um zu überleben. Es sollte wissen, daß wir da waren. »Fahrt hin, ich kann es heute ja noch nicht!« Meine Mutter sah Ulrich an und nickte ihm zu.
»Und bitte, reibt euch die Hände warm, bevor Ihr ihn berührt, sprecht ruhig und liebevoll mit ihm, auch wenn ihr meint, er hört euch nicht. Aber übertragt bitte nicht eure Angst. Zittert nicht, sondern streichelt ihn ruhig und zärtlich«, mahnte ich eindringlich.
Während sie unterwegs waren, besuchte mich unverhofft meine Schwiegermutter. Ich hatte zwar keine Lust, sie zu sehen, aber schließlich ängstigte sie sich ja auch um ihr Enkelkind.
Nach endlos lang wirkender Zeit kamen meine Mutter und Ulrich zurück. Meine Mutter hatte Tränen in den Augen, aber sie nickte mir aufmunternd entgegen. Jetzt, wo sie ihn gesehen habe, ginge es ihr besser. Jetzt habe sie Mut.
Sie habe nicht zu ihm hineingedurft. Zwar habe

sie die Schwester darum gebeten, habe gesagt, ich könne ja nicht selbst kommen, aber diese habe ja auch ihre Anweisungen. Vom Besucherbalkon aus habe sie ihn dann durch die Glasscheibe betrachtet.

Aber Ulrich als Vater durfte zu ihm hinein. Er habe sich einen Kittel überziehen und in einem Vorraum die Hände sterilisieren müssen. Ja, er habe ihn gestreichelt. »Er ist kräftig und rosig«, hörte ich meine Mutter sagen.

Die Klinik sei angenehm, leise und freundlich, mit bunten Vorhängen und Mobiles, es herrsche eine liebevolle Atmosphäre. »Dort ist er besser aufgehoben als in diesem Krankenhaus. Auch wenn es ihm besser geht, laß' ihn dort, laß' ihn nicht mehr hierherlegen«, meinte sie.

Wenn es ihm besser ginge!

»Er liegt ganz ruhig da«, fuhr sie fort. ›Vielleicht zu ruhig‹, schoß es mir durch den Kopf.

Plötzlich stellte ich schüchtern die Frage: »Wie sieht er aus?«

Meine Mutter schluckte. »Süß«, brachte sie hervor. »Wie du!«

Am Nachmittag brachte man mir die vom Standesamt ausgefüllte Geburtsurkunde.

»Max Christopher Hahn« stand dort.

Er war amtlich registriert.

Er war auf dieser Welt.

Er lebte.

Und ich war tatsächlich Mutter.

Dort stand es, schwarz auf weiß.

Ich war Mutter, auch wenn ich es noch nicht be-

griff. Mutter eines Kindes, das ich noch nie gesehen hatte. Ich war Mutter – und hatte mich noch nicht einen Augenblick darüber freuen dürfen.
Als ich am nächsten Morgen, noch lange bevor die Nachtschwester in aller Herrgottsfrühe die Fieberthermometer austeilte, erwachte, hatte ich nur einen Gedanken: Heute würde ich mein Kind sehen.
Ich fühlte mich jämmerlich – meine Bauchwunde ließ es kaum zu, daß ich mich auch nur vom Bett bis zum Bad ohne Hilfe bewegte, mein Kreislauf versagte bereits im Sitzen. Die Schwester warnte mich: »Der zweite Tag nach einem Kaiserschnitt ist meist der schlimmste. Sie sollten liegenbleiben.«
Ich ersparte mir die Mühe, ihr zu erklären, was mich trieb: Ich wollte mein Kind sehen, bevor es möglicherweise starb. Und ich wollte ihm meine Liebe schenken, ihm hierdurch die Kraft geben, um sein Leben zu kämpfen.
Ich mußte unbedingt zu meinem Kind.
Endlich wurden meine Infusionen und der Katheter entfernt. Meine Mutter half mir, mich langsam anzuziehen. Die alte Umstandshose hielt nur mit Gürtel, andere Kleidung hatte ich nicht ins Krankenhaus mitgenommen, und mir war dies alles auch vollkommen gleichgültig. Nach wie vor waren meine Hände und Füße stark geschwollen, ich paßte in keinen Schuh. Ulrich holte mir ein Paar seiner ältesten Turnschuhe aus dem Auto herauf – auch dies war nicht wichtig. Weil mich während des Anziehens bereits die Kräfte verlie-

ßen, band ich mir die Haare nur flüchtig zu einem Pferdeschwanz zusammen. Meine Augenlider waren dick, mein ganzes Gesicht wie aufgedunsen. Egal – Christopher würde dies nicht interessieren.

Im Rollstuhl schob Ulrich mich zum Auto. Mich von diesem Gefährt auf den Beifahrersitz zu bewegen, die Füße so hoch zu heben, daß ich einsteigen konnte, erschien mir als schier unmöglich. Ulrich war nervös, ungeduldig und hielt das ganze Unternehmen für eine ›Schwachsinnsidee‹. Meine Mutter ignorierte ihn und half mir stattdessen. Endlich saß ich im Auto. Schweigend fuhren wir über die Autobahn nach Bonn. Das Wetter entsprach unserer Stimmung, alles war Grau in Grau.

Ulrich parkte direkt vor der Kinderklinik. Es hätte mich gewundert, wenn er schnell einen Rollstuhl aufgetrieben hätte. Endlos lange war er fort. So hatte ich ungewollt Zeit, mir die Klinik von außen zu betrachten, meine Mutter zeigte auf das Fenster im obersten Stockwerk, hinter dem Christopher lag. Ich wurde ungeduldig, schließlich mußte es doch hier einen Rollstuhl für mich geben. Es war meine Mutter, die ihn dann auch organisierte. Sie begab sich daraufhin auf den Besucherflur, der von außen an den Krankenzimmern vorbeiführte, und sah uns durch die Glasscheibe hindurch zu.

Ulrich fuhr mich hinauf, durfte mit mir ausnahmsweise durch den Eingang für Ärzte und Schwestern. Er schob mich bis zur Tür des Zimmers, in

dem Christopher lag, und verschwand, um Kittel zum Überziehen zu holen. Zwischen den Türrahmen saß ich nun allein in meinem Gefährt und betrachtete von ungefähr eineinhalb Metern Entfernung aus erstmalig mein Baby. Oder besser das, was von ihm überhaupt zu sehen war.
Christopher lag in einem Brutkasten, der für ihn viel zu klein schien. Seine nackten Beinchen hielt er deshalb angewinkelt. Sie waren rund und kräftig. Viel mehr konnte ich auch nicht erkennen. Seine Brust erzitterte gelegentlich förmlich unter der Beatmung, einem starken Seufzer ähnlich. Sonst sah ich nur Schläuche und Drähte, hörte das schnell aufeinanderfolgende Piepsen der Geräte, das kontinuierliche Zischen der Beatmungsmaschine. Es war heiß. Der besondere Geruch dieser Station, der Geruch von Sterilium, umfing mich. Wo blieb Ulrich bloß mit den Kitteln? Ich wollte endlich zu Christopher!
Mit schlurfenden Schritten kam er an. Wie ich mir den Kittel anzog, mich vom Rollstuhl zum Becken bewegte, wo ich mir die Hände wusch, von dort zum Stuhl vor Christophers Inkubator kam, der für mich mit meiner stechend schmerzenden Bauchwunde viel zu tief war, weiß ich nicht mehr. Irgendwie saß ich dann.
Ich betrachtete mein Kind. Alles um mich herum war weit fort, wie ausgelöscht. Ich sah nur auf dieses kleine Gesicht. In Christophers rechtem Nasenloch befand sich der graue Tubus, über den er beatmet wurde, mit Pflaster an das Bäckchen geklebt. Was von seinem Gesichtchen zu sehen

blieb, waren die Stirn, die geschlossenen Augen und seine so wunderschönen, vollen Lippen. Ich betrachtete dieses kleine Kindergesicht, saugte es förmlich in mich ein. Es war mir fremd und doch so vertraut, ich wunderte mich selbst über meine Gefühle. »Dies ist er, dies ist mein Kind«, mußte ich mir sagen.
Ich mußte mir wirklich selbst bestätigen, daß dies mein Sohn sei!
Christophers kleines Kindergesicht, so wie ich es zum ersten Mal sah, hat sich mir derart intensiv eingeprägt, daß ich jederzeit nur die Augen zu schließen brauche, und es ist da. Heute noch taucht es immer wieder vor mir auf, wie eine Vision, plötzlich, ganz klar und deutlich. Manchmal geschieht es, wenn ich selbst in den Spiegel sehe; auf einmal verwischen sich dann die Konturen, und für einen Augenblick ist mir, als erblickte ich Christopher.
Meine Mutter hatte Recht gehabt: Er sah mir ähnlich. Selbst so mit Pflastern verklebt und von der Behandlung verquollen, trug er eindeutig meine Züge. Später legte ich einmal Babyfotos von ihm und mir nebeneinander – man hätte sie für Fotos ein und desselben Kindes halten können.
Ja, dies war mein Kind.
Mein Blick wanderte über den ganzen kleinen Körper. Auf seine Brust waren Elektroden geklebt, er trug eine Blutdruckmanschette an einem Beinchen, die sich in regelmäßigen Abständen automatisch aufpumpte, in einer Halsvene befanden sich Infusionen. Konnte ein Neugeborenes so

groß und kräftig sein? Er hatte ungeheuer lange Beine. Auffällig waren seine schön geformten Händchen mit ganz langen, feingliedrigen Fingerchen. Mir schoß durch den Kopf, daß meine Mutter mir irgendwann einmal erzählt hatte, nach meiner Geburt hätte die Hebamme über meine damals außergewöhnlich langen Fingerchen gestaunt.

Irgendwann öffnete ich das Eingriffsloch, durch das man Babys im Inkubator streicheln kann. Ich fuhr mit dem Finger über Christophers Gesicht, über seinen Bauch, über jede freie Stelle seines Körpers. Ulrich öffnete zunächst das zweite Eingriffsloch, doch dann begannen seine Hände zu zittern, seine Mundwinkel zuckten, er schloß den Inkubator und wand sich weinend ab. Für einen Moment empfand ich eine große Vertrautheit mit ihm.

Ich streichelte mein Baby. Sanft sprach ich mit ihm. Im Grunde war es egal, was, ich hoffte nur, es würde vielleicht meine Stimme wiedererkennen, die es ja schon im Mutterleib gehört hatte.

Eine Schwester kam zwischendurch, um Christopher zu versorgen. Er trug nur eine Windel, die sie wechselte. Sie erklärte mir die Funktionen der Kontrollapparate, die Herztöne, Kreislauf, Atmung aufzeichneten. In den nächsten Wochen sollte ich es lernen, ihre Zeichen auf einen Blick genauso gut interpretieren zu können wie die Schwestern.

In Christophers Zimmer lag noch ein anderes Kind, ein kleines Mädchen. Ein Frühchen, so groß wie eine Hand. Knochig, wie ein aus dem Nest gefallenes Vögelchen. Als Laie hätte ich ihm keine Chance gegeben. Doch wenige Wochen später sollte dieses kleine Mädchen wie ein normales Baby aussehen und gesund das Krankenhaus verlassen. Auch es wurde beatmet. Aber eines war unverkennbar, stach mir sofort ins Auge: Dieses Baby war unter der etwa gleichen Sedierung ungleich aktiver. Seine Ärmchen und Beinchen zappelten, strampelten, wenn auch nur sporadisch und unkontrolliert.

Christopher lag ganz ruhig da. Ich nahm seine kleine Hand in meine, dann umfaßte er mit dem Fäustchen meinen Finger, hielt ihn ganz fest. Ich freute mich, schwebte zwischen Glück und Verzweiflung. Innerlich wußte ich es ganz genau: Er lag viel zu ruhig da. Aber jetzt ergriff er doch meinen Finger!

»Halt dich nur fest daran, ganz fest, ein Leben lang!«, sprach ich mehr zu mir selbst als zu ihm. »Kämpfe! Werde gesund! Du bist doch das Liebste, das wir haben!«

Wie lange wir uns bei Christopher aufhielten, kann ich nicht sagen. Es können Minuten gewesen sein oder Stunden. Ich hatte jegliches Zeitgefühl verloren. Erst im Auto merkte ich, wie sehr ich meine Kräfte überbeansprucht hatte. Ich schaffte es kaum noch hineinzukommen, und ohne meine Mutter hätte ich es wohl auch nicht geschafft.

Am Eingang meines Krankenhauses angekommen, fuhr Ulrich mich im Rollstuhl schnurstracks auf die Stufen zu und kippte mich mit meiner stechenden Bauchwunde beinahe um. Ich schrie vor Qual, und als hätte sich hierdurch ein Ventil gelöst, brüllte ich ihn an. Die irritierten Blicke der Umstehenden waren mir gleichgültig. Wieder in meinem Krankenhausbett war mir übel vor Erschöpfung. Ich glaubte, mich übergeben zu müssen, und bei jedem Würgereiz durchfuhr mich schneidender Schmerz. Dann begann ich zu weinen, haltlos, hemmungslos, mein Schluchzen schüttelte meinen ganzen Körper. Ulrich saß bewegungslos am Tisch, meine Mutter wußte nicht, wie sie mich beruhigen sollte. Eine Schwester kam ins Zimmer und wunderte sich.

Später fand ich für diesen Tag in den Krankenunterlagen – wir haben sie später wegen eines Gerichtsverfahrens gegen den Geburtshelfer angefordert – den Eintrag: »Patientin verzweifelt, Patientin weint, sehr besorgt um das Kind.«

Ulrich lamentierte und brachte mich so noch mehr gegen sich auf. Ich überschüttete ihn mit Vorwürfen, es war, als hätten sich durch dieses erste Mal, daß ich mich nicht mehr zügelte und ihn anschrie, endlich die Schleusen geöffnet. Vorwürfe, teils gerechtfertigt, teils emotional, ergossen sich über ihn: »Warum hast du uns nicht beigestanden, Christopher und mir? Warum hast du im Kreißsaal noch die Schnapsflasche dabeigehabt und gesoffen? Warum hast du nicht mehr auf einen Kaiserschnitt gedrängt? Warum hast du mehr an deine Mutter oder deine Termine gedacht als an uns? Warum hast du mir meine ganze Schwangerschaft lang das Leben zur Hölle gemacht? We-

gen dir hatte ich doch schließlich die Wehen, wegen dir, deinem Alkohol und deinen Herumstreitereien!«
Wir schrien uns an, es war ein Gewitter, das sich lange zusammengebraut hatte und sich endlich entlud. Bestimmt ließ ich so einen Teil meiner inneren Anspannung ab. Außerdem dachte ich eine Zeitlang nicht so sehr an Christopher und meine Sorge um ihn, wenn ich mich auf das konzentrierte, was Ulrich mir – und ihm – aus meiner Sicht angetan hatte. Aber natürlich ging es mir hinterher auch nicht besser. Ich fühlte mich erschöpft, ausgebrannt und leer.

Irgendwie brachte dieser Zusammenbruch aber wieder Klarheit in meine Gedanken. Ich wollte nun endlich wissen, wie dies alles hatte geschehen können. Ich wollte den Arzt zur Rede stellen. Er sollte mir eine Erklärung abgeben. Entschlossen klingelte ich nach der Schwester.
»Ich muß den Professor sprechen. Richten Sie ihm aus, daß ich bei der Abendvisite von ihm hören will, wie das passieren konnte. Und er soll die CTG-Unterlagen* mitbringen. Alle!«
»Ob das aber geht . . .?«
»Es wird gehen. Richten Sie es ihm aus!«
Ich bat nicht mehr, ich verlangte!
In einer harten Schule hatte ich es plötzlich gelernt, mich durchzusetzen, mich nicht durch Titel

* Aufzeichnung der Wehen und kindlichen Herztöne während der Geburt

und von sogenannten Autoritäten einschüchtern zu lassen.
Bisher war ich zu angepaßt und zu zurückhaltend gewesen. Um Konfrontationen zu vermeiden, hatte ich stets nachgegeben – bei Ulrich nicht anders als bei Fremden. Nie hatte ich meine Interessen kompromißlos verfolgt, nie hatte ich unbequem sein wollen. In der härtesten Lehre meines Lebens mußte ich erfahren, wie gefährlich es ist, einer Person allein schon aufgrund ihres Titels Respekt zu zollen.
Heute imponieren mir nur noch Leistungen und persönliche Ausstrahlung, nicht Ämter und Würden. Ich verlasse mich nicht mehr auf die Ratschläge vermeintlicher Experten, sondern bilde mir mein eigenes Urteil. Und setze die daraus folgenden Entschlüsse notfalls mit unbeeinflußbarer Konsequenz durch, auch dann, wenn ich mich damit unbeliebt mache. Und vor allem dann, wenn es um wirklich Wichtiges geht. Es lohnt sich nicht, sich wegen Nebensächlichkeiten aufzureiben. Wo es jedoch um Existentielles geht, da kämpfe ich – mit einer enormen Kraft, die aus meinem Inneren kommt.
Vor allem weiß ich, daß es in Grenzsituationen sichere innere Intuitionen gibt. Ich höre jetzt auf mein inneres Feeling, das sich stets als richtig erwiesen hat. Vor allen Dingen nehme ich wichtige Angelegenheiten am liebsten selbst in die Hand – verlasse ich mich in erster Linie auf mich selbst.
Doch diese Lektion lernte ich zu spät. Für meinen Sohn Christopher viel zu spät.

Ulrich fuhr nach Hause. »Ich bin müde«, verabschiedete er sich, »ich muß mich hinlegen.«
Meine Mutter schickte ihm einen verachtenden Blick hinterher.
Sie blieb an meinem Bett. Es war gut, daß sie einfach da war. Mir tat es wohl zu wissen, daß sie fast genauso große Angst hatte wie ich.
Sie bangte um Christopher fast so sehr wie ich selbst. Wir versuchten uns gegenseitig unsere Befürchtungen auszureden. Wir sprachen uns gegenseitig Mut zu. Zwischendurch schweiften wir immer wieder ab, erzählten kurz von etwas anderem, lachten sogar miteinander. Ja, selbst in höchster innerer Anspannung lachten wir miteinander. Schließlich kann sich kein Mensch ohne Unterbrechung sorgen, man hält dies psychisch einfach nicht aus.
Dann gab es wieder Minuten, in denen jeder vor sich hin schwieg, seinen eigenen Gedanken nachhängend.
Am Spätnachmittag kam Ulrich zurück. Zu dritt warteten wir auf Professor Hochwald.
Als er mein Zimmer betrat, wirkte er zwar nervös, aber behielt sich zunächst sehr gut unter Kontrolle. Die CTG-Aufzeichnungen hatte er mitgebracht. Genaue Einzelheiten des Gesprächs kann ich heute nicht mehr rekapitulieren. In Erinnerung ist mir aber noch, daß er behauptete, er habe in jeder Hinsicht lege artis, nach allen Regeln ärztlicher Kunst, gehandelt.
Warum er nicht eher einen Kaiserschnitt gemacht habe?

»Dazu bestand doch keine Veranlassung!«
»Dr. Ulrici hatte bereits mit dem Zirkel das Mißverhältnis zwischen Kopf und Becken ermittelt«, warf ich ihm vor.
»Die Zirkelmethode ist veraltet«, rechtfertigte er sich.
»Aber in meinem Fall stellt sie sich jetzt als richtiges diagnostisches Hilfsmittel heraus!«
»Aber wenn der Professor doch ...«, mischte sich die ihm stets wie sein eigener Schatten folgende Stationsschwester zu seiner Verteidigung ein. Er wandte sich ihr gereizt zu und wirkte, als wolle er sie ohrfeigen. Erschrocken verstummte sie.
Dann holte er tief Luft und erklärte mir ungeduldig, quasi händeringend, etwa so, wie man zu einem ungehorsamen, widerspenstigen Kind spricht: »Heute legt man den Zirkel nicht mehr an. Man sieht bei der Geburt, ob das Köpfchen ins kleine Becken eintritt. Ist das der Fall, paßt es auch durch.«
»Trat der Kopf meines Kindes ins kleine Becken ein?«
»Ja!«
»Hat er auch durchgepaßt?«
Das ›Nein‹ schwang unausgesprochen im Raum. Die ganze Diskussion wurde absurd.
»Warum haben Sie mir nicht gesagt, ich solle einen Kaiserschnitt machen?«
Jetzt waren **wir** diejenigen, die den Fehler begangen hatten! Aus ihm sprach zwar das schlechte Gewissen, aber wir trugen das Leid.

»Stellt der Patient die Indikation, oder der Arzt?«, fragte ich.
»Als ob Sie auf uns gehört hätten«, schimpfte Ulrich.
»Zumindest hätten wir darüber geredet«, verteidigte sich Professor Hochwald. Für einen Augenblick verlor er die Fassung. »Glauben Sie, es macht mir Spaß, Sie von einem solchen Kind zu entbinden?« schrie er fast.
Keiner sagte mehr etwas. Dann faßte ich seine Äußerungen zusammen: »Sie haben also alles richtig gemacht. Es ist demnach einfach Schicksal, daß unser Kind so krank ist!«
»Genau!«
Ulrich brachte es auf den Nenner: »Sie haben unser Leben zerstört!«
»Ich?« Er schüttelte den Kopf. »Nein, ich nicht!«
Das Ganze führte zu nichts. Meine Gedanken ließen sich ohnehin nicht mehr ordnen. Professor Hochwald würde sich zu seinem Fehler niemals bekennen. So viel wurde mir klar.
Dabei war er sich seiner Schuld selbst sehr wohl bewußt. Später erzählte mir Dr. Ulrici, der Professor habe eingestanden, bei dieser Entbindung ›ein Brett vor dem Kopf‹ gehabt zu haben. Es hatte also nicht nur einen rechtlichen Hintergrund, nicht zuzugeben, daß unser Kind seinetwegen so schwer krank war. Es hatte auch einen menschlichen Hintergrund.
Arrogant und selbstherrlich verkörperte er das Urbild des Halbgottes in Weiß. Ich habe nichts gegen Ärzte, und niemals zuvor oder danach

lernte ich einen solchen Extremfall unter ihnen kennen.
Jeder Mensch macht Fehler. Macht sie der Bäcker, gelingen die Brötchen nicht. Macht sie ein Unternehmer, geht er möglicherweise bankrott. Macht sie aber ein Arzt, stirbt im schlimmsten Falle der Patient. Jeder Arzt muß mit diesem Faktum leben. Seine Fehler sind verhängnisvoller als die anderer Berufsgruppen. Aus diesem Wissen heraus hätte ich mich mit ihm, trotz allen Schmerzes, innerlich ausgesöhnt, wenn, ja wenn er mir gegenüber seine Schuld eingestanden hätte! Wenn er mir auch nur ein einziges Mal gesagt hätte: »Es tut mit leid!«
So banal dies auch klingt oder vielleicht auch so unverständlich, wenn es um das Schicksal des eigenen Kindes geht: Es ist immer einfacher zu verzeihen – als von Haß getrieben zu kämpfen. Indem man verzeiht, findet man seinen eigenen inneren Frieden. Mit Haß verzehrt man im Grunde vor allem sich selbst, man zerstört sein Leben nur noch mehr.
Angezeigt habe ich ihn später, weil er mir durch nichts demonstrierte, daß sein Handeln ihn zum Nachdenken bewegte, zur Selbstkritik, daß es ihn belastete. Nach außen zumindest tat er so, als mache ihm das Leid, das er angerichtet hatte, nichts aus. Er hatte einfach nichts damit zu tun. Er besaß nicht den Anstand, den Mut, die Stärke, mir zu zeigen, er sei betroffen, erschüttert darüber, einen Menschen auf dem Gewissen zu haben.

Er ging zur Tagesordnung über, als sei nichts geschehen. Deshalb wollte ich ihn zur Rechenschaft ziehen. Ansonsten hätte ich mir und ihm den langen mühevollen Weg bis zu seiner Verurteilung erspart.
Professor Hochwald verließ mein Zimmer und lebte draußen sein normales Leben wie immer. Vermutlich ging er nach Hause zu seiner Frau und seinen Kindern.
Drinnen lag ich – zurückgelassen in dem Aufruhr der Gefühle, der Sorgen und Ängste, im Chaos der Ungewißheit.
Wie sollte es nur weitergehen?
Ulrich verharrte mit finsterer Miene am Tisch. Meine Mutter hielt meine Hand und sagte gar nichts mehr.
Ich schloß die Augen und versuchte nur, tief durchzuatmen. Bilder der Geburt schossen mir durch den Kopf. Dazwischen tauchte immer wieder ein kleines Kindergesicht auf. Ein zartes, blasses Gesichtchen mit einem Stupsnäschen und vollen Lippen. Christophers Gesicht war mir gegenwärtig, wenn ich die Augen schloß. »Zumindest hätten wir drüber geredet, zumindest hätten wir drüber geredet, zumindest hätten wir ...«, dieser Satz des Professors wirbelte in meinem Kopf! Wie hatte dies wirklich geschehen können?

Nachdem ich am Samstag abend zu Hause schlafen gegangen war, wurde ich am frühen Sonntag morgen von heftigen Bauchkrämpfen geweckt. Nicht sofort hielt ich sie für Wehen, zunächst

glaubte ich tatsächlich an einen verdorbenen Magen. Irgendwann erkannte ich einen Rhythmus in den Krämpfen, ich freute mich: Also stand die Geburt meines Kindes kurz bevor. Ich machte mich fertig, Ulrich nahm meine gepackte Tasche und seufzte bei der Abfahrt zum Krankenhaus:
»Das ist ein schrecklicher Tag heute!«
Meine Mutter verbesserte ihn: »Heute wird euer Kind geboren! Heute ist ein schöner Tag!«
Als wir im Auto saßen, kam unser Nachbar bereits vom morgendlichen Joggen zurück. Er klopfte an die Scheibe:
»Geht's los?«
»Ich hoffe!«, meinte ich.
Mit demonstrativ gedrückten Daumen winkte er uns nach. Merkwürdig, wie sehr sich mir alle Details einprägt haben. Daß ich genau eine Woche später ohne Kind zurückkehren würde, das hatte ich mir nicht ausgemalt!
Auf dem Weg ins Krankenhaus gab ich Ulrich eindringlich Anweisungen.
»Es ist Sonntag. Professor Hochwald wird nicht da sein. Wir fragen sofort nach dem diensthabenden Arzt, damit abgeklärt wird, ob nun ein Kaiserschnitt vonnöten ist oder nicht! Bitte hilf mir, denen alles zu erklären.«
Im Krankenhaus wurde ich zunächst von einer Hebamme untersucht. Der Muttermund sei erst »fingerdurchlässig« – für eine Erstgebärende gar nichts. Der Wehenschreiber zeichnete schwache Wellen in zehnminütigem Rhythmus.
Ich verlangte, einen Arzt zu sprechen.

»Frau Hahn, der Professor kommt sicher im Laufe des Tages«, meinte die Hebamme.
»Das ist mir schon klar, aber einer der Assistenzärzte wird doch untersuchen können, ob ein Kaiserschnitt gemacht werden muß!«
»Das können wir nicht vorab klären. Während der Geburt sehen wir dies!«
»Aber Dr. Ulrici hat doch mein Becken mit dem Zirkel vermessen. Die Daten stehen in meinem Mutterpaß. Sehen Sie bitte nach!«
Sie blieb geduldig, aber unbeeinflußbar. »Wir sehen das während der Geburt. Wir legen nie den Zirkel an. Seien Sie beruhigt! Wir sehen das schon. Was manche Frauenärzte den Frauen so erzählen . . .«
Zunächst ließ ich mich auch beruhigen. Dann war ich froh, mein Zimmer beziehen zu dürfen. Ich war guter Dinge. Die Schmerzen waren zwar unangenehm, aber auszuhalten; außerdem waren die Pausen zwischen den Wehen lang. Ja, ich freute mich sogar, als die Abstände kürzer und die Wehen heftiger wurden – mein Kind sollte doch geboren werden!
Um mitzuhelfen, lief ich pflichtschuldig über den Krankenhausflur, treppauf, treppab, machte sogar Kniebeugen, soweit meine Leibesfülle dies zuließ, schließlich sollte es weitergehen.
Mittags war das Baby einer Frau, die gleichzeitig mit mir ins Krankenhaus gekommen war, bereits da.
Ich warf ihr, als ich sie durch die geöffnete Kreißsaaltür mit ihrem Baby sah, neidische Blicke zu.

Erstmalig schoß mir, wenn auch nur für einen flüchtigen Moment, der Gedanke durch den Kopf, daß die Geburt meines Kindes nicht völlig normal verlief.
Ulrich besorgte sich aus dem Krankenhauskiosk eine Flasche Schnaps. Mit Erschrecken beobachtete ich dies. Statt uns auf die Geburt zu konzentrieren, begannen wir nun eine Diskussion darüber, wie weit Ulrich im Laufe des Tages die Flasche trinken dürfe. Ich bat um ein Drittel, er meinte wenigstens die Hälfte. Da ich wußte, sie würde irgendwann sowieso geleert sein, gab ich auf.
Der Muttermund hatte sich inzwischen drei Zentimeter geöffnet und ich durfte nichts mehr essen; also ging es voran. Diese neue Anweisung lenkte mich von Ulrich ab und freute mich. Nachmittags sollte ich ein heißes Bad nehmen. Ich genoß es und hoffte, es würde eine Zunahme der Wehen verursachen.
Ulrich wurde müde. Er wollte nach Hause. »Ich kann nicht mehr. Wenn das Kind da ist, können die mich ja anrufen. Ich muß doch eigentlich nicht bei der ganzen Geburt dabei sein.«
In mir mischten sich Kummer und Wut.
»Wenn das Kind heute nicht mehr kommt, morgen früh habe ich eigentlich Termine ...«, lamentierte er weiter. Unser Kind sollte geboren werden, ich litt Schmerzen, irgendwie ging es nicht voran, und er dachte nur an seine Termine!
Nach dem Bad wurden im Kreißsaal erneut die Wehen aufgezeichnet. Ulrich hing mehr als daß er

saß auf einem Stuhl, sein Kopf lehnte an der harten Wand, er spürte dies nicht mehr. Er war betrunken. Schlief, während ich in den Wehen lag, seinen Rausch aus.
Nichts hatte sich verändert. Die Häufigkeit der Wehen nahm eher ab.
Wieder versuchte ich, durch Auf- und Abgehen der Natur auf die Sprünge zu helfen. Ich lief den Stationsflur wohl gerade zum hundertsten Mal herunter, als die Schwester mir ausrichtete, der Professor erwarte mich im Kreißsaal.
Wieder freute ich mich. Irgendetwas würde wohl nun geschehen.
Ulrich ließ sich gerade noch überreden, erst nach dieser Untersuchung nach Hause zu fahren.
»Muttermund drei Zentimeter geöffnet. Wehen schwach«, diagnostizierte Professor Hochwald.
Er war in Eile, hatte an diesem frühen Sonntag abend nur eine Stippvisite ins Krankenhaus gemacht. Er wollte schnell nach Hause. Bei einer langwierigen Entbindung mitzuhelfen, dazu hatte er jetzt keine Lust, wenn es nicht unbedingt sein mußte.
Ohne sich mit mir zu besprechen, mich zu fragen oder wenigstens zu informieren, gab er der Schwester die Anweisung, mir zum Schlafen Atosil zu geben. Am Montag morgen solle dann die Geburt künstlich, per Infusion, eingeleitet werden. Er entschied dies einfach über meinen Kopf hinweg. Erst durch die Nachtschwester sollte ich am späten Abend von dieser Verordnung erfahren.

»War sonst noch etwas?«, war die einzige Frage, die er an mich richtete.
»Vielleicht brauche ich einen Kaiserschnitt«, begann ich. »Dr. Ulrici meinte, mein Becken sei möglicherweise zu eng. Die Maße stehen im Mutterpaß!«
Verhängnisvollerweise mischte sich Ulrich gerade jetzt ein. Hätte ich ihn doch vorher nach Hause fahren lassen! Er mischte sich mit Banalitäten ein und lenkte so von dem entscheidenden Faktum ab: von der Tatsache, daß mein Becken tatsächlich zu eng war!
»Wann meinen Sie, daß das Kind kommt?«, fragte er. Professor Hochwald zuckte nur die Achseln.
»Bin ich Prophet?«
»Ich habe morgen früh wichtige berufliche Termine«, ließ Ulrich nicht locker.
»Dann entscheiden Sie doch selbst, ob Sie sie wahrnehmen oder nicht!« riet der Arzt, und meinte dann abschließend: »Karneval ist Ihre Frau zu Hause. Mit oder ohne Kind!«
Was als Scherz gedacht war, sollte zu bitterem Ernst werden. Am Karnevalssamstag verließ ich dieses Krankenhaus tatsächlich. Ohne Kind.
Mit keinem Wort war die Möglichkeit eines Kaiserschnittes diskutiert worden. Professor Hochwald war nicht auf meinen kurzen Hinweis eingegangen, einfach weil er ihn nicht gehört hatte.
Natürlich hätte er auch ohne Hinweise von mir erkennen müssen, daß mein Becken zu eng war, daß er einen Kaiserschnitt hätte machen müssen. Nichts entbindet ihn von seiner ärztlichen Verantwortung.

Aber hätte ich deutlicher gewarnt, würde Christopher jetzt leben. Hätte Ulrich nicht ausgerechnet in dem Moment, als ich von der Untersuchung bei Dr. Ulrici berichtete, mit seinen Terminen angefangen. Hätte ich Ulrich doch bloß früher nach Hause fahren lassen!
Später sollte ich ihn dafür hassen, daß er, betrunken wie er war, nicht an Christopher und mich gedacht hatte, sondern nur an Lappalien. Dieser Haß führte zu den heftigsten Vorwürfen und zum Ende unserer Ehe.
Und ich verdammte mich selbst, mir nicht mehr Gehör verschafft zu haben.
Ich hätte Christopher retten können!
Das Gespräch war beendet und Ulrich fuhr weg.
Man gab mir die Medikamente, ich legte mich ins Bett. Vor dem Einschlafen rief ich noch einmal zu Hause an. Kein Wort darüber, ob die Einleitung der Geburt so wohl richtig sei. Nur eine Diskussion, ob Ulrich morgen dabei sein wolle.
»Eigentlich habe ich Termine.«
»Dann schick mir wenigstens meine Mutter«, meinte ich verzweifelt. Und: »Bitte, komm doch selbst!«
Nach langem Zögern entschied er sich zu kommen. »Bis 13.00 Uhr. Wenn das Kind dann immer noch nicht da ist, fahre ich!«
Hätte ich ihn doch gelassen, wo er war!
Schlaf fand ich kaum in dieser Nacht. Ich wimmerte vor Schmerzen, wälzte mich im Bett. Irgendwann platzte die Fruchtblase, und ich klingelte nach der Hebamme. Sie hörte die Herztöne

des Kindes ab, befand sie in Ordnung und gab mir noch mehr Atosil.
Gott sei Dank wurde ich früh am nächsten Morgen in den Kreißsaal gerufen. Endlich sollte etwas geschehen. Allmählich stieg in mir ein Gefühl der Unwirklichkeit auf, so als könne dies alles nicht wahr sein. Ich konnte mir nicht vorstellen, mein Baby heute noch gesund im Arm zu halten.
»Glauben Sie, daß es heute noch geboren wird?« fragte ich zweifelnd die Hebamme.
Sie sah mich verwundert an.
»Passen Sie auf, in ein paar Stunden ist es da!«
Vermutlich waren diese Gefühle normal, redete ich mir zu. Hinterher war mir klar, daß ich eine richtige Intuition gehabt hatte.
Ein mir bis dahin vollkommen unbekannter Arzt legte die Infusion mit dem Wehentropf an. Kein Wort der Information, kein Austausch.
»Klappt das denn?«, fragte ich stockend, schüchtern und naiv.
Er gab mir eine so ungeheuer blöde Antwort, daß ich mich heute frage, warum ich sie mir gefallen ließ: »Das klappt in der Regel. Bis auf die Fälle, wo es nicht klappt!«
Immerhin, es setzten zunächst tatsächlich Wehen ein, die, so die Hebamme, ›etwas brachten‹.
Ulrich kam, gekleidet in den obligatorischen grünen Kittel. Ich wälzte mich auf meiner Liege, quälte mich. Zu meiner Verwunderung erhielt ich ständig irgendwelche Medikamente, die ich nicht verlangt hatte. Es waren Mittel zur Schmerzlinderung, zur Entspannung des Muttermundes, dazwi-

schen hatte die Hebamme immer wieder neue ›gute Ideen‹, wenn sie den Rest des Fruchtwassers ablaufen ließ oder die Harnblase über einen Katheter leerte.
Sollten alle diese Maßnahmen notwendig sein, um ein Kind zur Welt zu bringen? Ich verstand das alles nicht mehr, fühlte mich hilflos und ausgeliefert.
Man hatte mir so viel Beruhigungs- und Schmerzmittel gegeben, daß ich zwischendurch immer wieder eindöste. Genau dies hatte ich nicht gewollt, verlor ich dadurch doch jegliche Kontrolle. In meinen wachen Momenten ermahnte ich Ulrich, die Herztonkurve des Kindes genau zu verfolgen und bei Veränderungen sofort Alarm zu schlagen.
In meine Schläfrigkeit hinein erzählte mir die Hebamme, meine Mutter warte draußen, sie sei sehr verängstigt. Zu Recht, denn mittlerweile lag ich seit etlichen Stunden hier. Der Muttermund öffnete sich nur langsam. Die Hebamme stellte den Tropf mit den wehenfördernden Medikamenten schneller. Ich hielt die damit verbundenen Schmerzen nicht mehr aus, da ich zwischen den Wehen keine Atempause mehr hatte, und verlangte eine Periduralanästhesie.
Der Narkosearzt setzte sie und wies mich an, mich auf den Rücken zu legen, damit sie einwirken könne. In dieser Rückenlage nahmen die Herztöne des Babys dramatisch ab. Man stülpte mir eine Sauerstoffmaske über, legte mich auf die Seite und rief den Professor. In Seitenlage erholte

sich mein Kind wieder. Durch die Narkose spürte ich keinerlei Schmerzen mehr.
Alarmiert beobachtete ich nur noch die Herztonkurve meines Kindes. Zwischendurch rüttelte die Hebamme an meinem Bauch, um es zu wecken. Alle waren beruhigt, wenn seine Herztöne daraufhin wieder anstiegen.
Ulrich, der wie am Tag zuvor bereits sein Quantum Schnaps getrunken hatte, wollte allmählich nach Hause. Er löcherte die Hebamme damit, wie lange es wohl noch dauern würde, und überlegte, zu gehen und erst abends zurückzukommen. Solche Gedanken beschäftigten ihn! Meine Mutter dagegen klingelte immer wieder an der Kreißsaaltür, weil sie sich mittlerweile große Sorgen machte.
Die Hebamme sortierte die Sachen, die mein Kind nach der Geburt brauchen würde, Hemdchen und Strampelhöschen. Ich sah verwundert zu, als sei sie von einem anderen Stern. Plötzlich wußte ich, daß mein Kind diese Sachen nicht brauchen würde. Ich wußte es einfach. Aber wie gelähmt lag ich da, konnte nichts tun, konnte den Lauf der Dinge nicht aufhalten. Ich fühlte mich wie in einem Alptraum.
Zwischendurch streckte der Narkosearzt seinen Kopf durch die Tür und wunderte sich: »Ist es immer noch nicht da?«
Irgendwann war der Muttermund weit geöffnet. Aber mein Kind lag irgendwie mit dem Köpfchen falsch und viel zu hoch.
Der Professor war ratlos. Er durchlief den Kreiß-

saal und kratzte sich am Kopf. »So kriegt sie es nicht«, stellte er fest. »Was mache ich nun? Mache ich Zange oder Kaiserschnitt? Mit der Zange komme ich nicht dran.«
Also wäre ein Kaiserschnitt logisch gewesen. Doch die Hebamme hatte wieder eine ihrer ›guten Ideen‹. Sie machte den Vorschlag, mich pressen zu lassen, damit das Baby tiefer rutschen sollte und der Professor die Zange anlegen könne. Professor Hochwald schien erleichtert. Erleichtert darüber, den Kreißsaal zunächst noch einmal verlassen zu können. Er wirkte zerstreut, war offensichtlich mit ganz anderen Dingen beschäftigt.
Die Hebamme rief eine Kollegin zur Hilfe. Ulrich begann mit mir eine Diskussion darüber, ob er abends seine Mutter zu Besuch bringen solle. In so einer Situation!
Man ließ mich pressen. Die Aktion hatte Erfolg. Tatsächlich rutschte das Baby tiefer. So tief in das zu enge Becken hinein, daß der Kopf des Kindes eingekeilt wurde und später beim Kaiserschnitt kaum herauszuziehen war!
Professor Hochwald entschied sich nun dafür, einen Zangenversuch zu wagen. »Ich **probiere** es.«
Allein schon die Art der Formulierung löste in mir Unglauben aus. Ich war unfähig zu protestieren. Das Ganze kam mir unwirklich vor.
Er verhandelte mit einer Narkoseärztin, die aber erst noch zum Essen gehen wollte. Später sollte ich erfahren, daß ihr Zuspätkommen zu einer Entbindung zwei Jahre zuvor die schwere Behinderung eines anderen Kindes zur Folge gehabt habe. Der Narkose-

arzt vom Morgen war auf einmal verfügbar, ein Kinderarzt, ein gynäkologischer Assistenzarzt kamen dazu und eine weitere Hebamme. Plötzlich war mein Kreißsaal voller Menschen und es ging alles rasend schnell. Ulrich wurde hinausgeschickt. Mir rauschte das Blut in den Ohren, das Herz schlug mir bis zum Halse.

Als Professor Hochwald die Elektrode entfernte, durch die die Herztöne des Kindes bisher aufgezeichnet worden waren, überfiel mich panischer Schrecken. Ich wußte ganz sicher, es würde schief gehen. So könnte er mein Kind nicht holen. Christopher würde so nicht geboren werden. Warum nur habe ich nicht geschrien?

Ich war vor Angst gelähmt.

Er versuchte, die Zange anzulegen.

Im Geburtsbericht fand ich später seine Beschreibung:

»Schon das Anlegen der Zange bereitete mir zum ersten Mal in meiner ganzen Laufbahn Probleme. Der Kopf schien im Becken eingeklemmt zu sein. Der Versuch, das rechts stehende Hinterhaupt behutsam nach vorn zu drehen, mißlang. Daher wurde das Zangenmanöver abgebrochen ...«

»Ich krieg's nicht«, hörte ich ihn sagen. »Fertig machen zur Sectio!«

Ich hatte gewußt, daß das Zangenmanöver mißlingen würde. Ich war mir sicher gewesen, daß auf diese Art mein Kind nicht geboren würde.

Ich war nicht überrascht. Aber ich war in innerer Aufruhr, in panischem Schrecken. Ich wußte, meinem Kind ging es schlecht. Ich wußte es!

Aber wie in einem Alptraum schien sich niemand sonst um mich herum zu sorgen, geschweige denn meine Ängste zu teilen. Alle blieben entspannt, lokker, bereiteten mich langsam auf die Operation vor. Die Hebamme verwickelte Professor Hochwald jetzt sogar noch in eine Diskussion über Überstunden und freie Tage. Ich konnte es nicht fassen, daß all dieses vor mir ablief und mit mir geschah. Doch wie in einem Alptraum war ich unfähig, mich mitzuteilen. Beinahe wimmernd fragte ich immer nur: »Wie geht es dem Kind?« oder »Was ist mit den Herztönen, geht es dem Kind noch gut?«
Nur ein einziges Mal noch hörte die Hebamme daraufhin die Herztöne ab – mit einem Hörrohr. »Herztöne vorhanden«, stand später als Eintrag im Geburtsbericht.
Inzwischen hatte ich jegliches Zeitgefühl verloren. Eigentlich kam mir das Ganze sogar relativ kurz vor. Später rekonstruierte ich, daß zwischen Zangenversuch und erstem Schnitt jedoch 50 Minuten vergangen waren.
50 Minuten!
50 Minuten in einer so kritischen Situation, der Kopf meines Kindes eingekeilt ins Becken, ich in permanenter Rückenlage, in der vorher seine Herztöne abgesunken waren!
Ohne Kontrolle durch Ärzte oder Hebammen, ohne Überwachung durch das CTG. Die ganze Geburt über hatte man die Herztöne des Babys abgehört und aufgezeichnet – und ausgerechnet in dieser Phase nicht mehr!
Christopher mußte es einfach schlechtgehen.

Professor Hochwald mußte wirklich ein ›Brett vor dem Kopf‹ gehabt haben. Ulrich trank in der Zeit mit dem Assistenzarzt sogar noch einen Kaffee! Er trank Kaffee, während ich nur darum betete, alle mögen sich beeilen. Statt den Arzt zu seiner Frau zu jagen, damit er sein Kind hole! Er trank Kaffee und plauderte mit ihm!

Nur meine Mutter lief vor dem Kreißsaal nervös auf und ab.

Irgendwann lag ich auf dem OP-Tisch, bekam eine neue Perduralanästhesie. Die Operation begann.

Bei vollem Bewußtsein raste mein Herz, meine Gliedmaßen zitterten bereits unkontrollierbar. Zum Glück waren meine Arme angeschnallt.

Gleich wäre alles vorbei, sagte ich mir. Gleich würde ich mein Kind zu sehen bekommen.

Vor mir war nur die grüne Abdeckung. Ich verspürte ein Ziehen an meinem Bauch und eine plötzliche absolute Sprachlosigkeit im grell erleuchteten Operationssaal. Wieder ein Ziehen. Immer noch sah ich nichts, aber der Schrecken des Teams übertrug sich automatisch.

Der junge Assistenzarzt warf mir wortlos einen Blick zu, der von Entsetzen und Mitleid geprägt war. Es war derselbe, der nach der letzten Ultraschalluntersuchung gesagt hatte: Die ganze Schwangerschaft ist gerettet!«

Immer noch wartete ich auf den ersten Schrei meines Kindes.

»Ist das ein Dickerchen«, ließ sich der Narkosearzt vernehmen.

Also war Christopher geboren.

Es war geboren – und schrie nicht.
Die Hebamme hielt auf einmal das Bündel, in grüne Tücher gehüllt, auf dem Arm. Ich sah nur einen dunkelblau angelaufenen, blutigen und verschmierten Arm sowie einen blutigen Hinterkopf.
»Ich bring ihn weg«, flüsterte sie.
Das Vernähen des Bauchschnitts dauerte, wie ich hinterher nachlesen konnte, noch weitere 45 Minuten. Für mich können es Sekunden gewesen sein oder Stunden. Ich starrte nur auf den Ausgang, durch den die Hebamme verschwunden war.
Gleich, gleich würde sie ja wiederkommen, mit dem gebadeten Kind, würde mir mitteilen, daß alles in Ordnung war. Wie gebannt starrte ich auf den Ausgang, während meine Gliedmaßen zitterten, niemand ein Wort sprach, lediglich das Klirren der Geräte zu hören war.
Zwischendurch wimmerte ich: »Was ist nur mit meinem Kind?«
Der Narkosearzt ging nachschauen.
»Er ist etwas schlaff«, versuchte er, mich zu beruhigen. »Er wird gerade beatmet!«
Beatmet?
Warum beatmet? Gerade dies hatte ich doch durch die Tokolyse* vermeiden wollen!
Ich wollte raus aus diesem Operationssaal, wollte endlich zu meinem Kind.
Der Narkosearzt strich mir tröstend über das Haar.

---

* Aufhalten vorzeitiger Wehen mit Partuisisten

Ich weiß nicht mehr, wie ich diese Dreiviertelstunde überstanden habe.
Endlich schob man mich hinaus. Endlich würde man mir sagen, was mit Christopher sei – dachte ich.
Aber niemand sagte mir etwas.
Wo war bloß Ulrich?

Dann fuhr man mich zu meinem Zimmer. Meine Mutter stand auf dem Gang. Sie sah ernst und blaß aus und hatte einen entsetzten Gesichtsausdruck. Als ich sie sah, dachte ich, Christopher sei bereits tot.
»Was ist mit dem Kind?«, schrie ich ihr entgegen. Ich bäumte mich in meinem rollenden Bett auf und schrie verzweifelt, haltlos, panisch: »Was ist mit dem Kind?«
Das hilflose Schulterzucken meiner Mutter werde ich nie vergessen. Wenn ich heute die Augen schließe, sehe ich es noch vor mir.
»Ich weiß es nicht«, flüsterte sie und hob verzweifelt die Arme.
Die Stationsschwester beeilte sich, mich vom Gang weg in mein Zimmer zu schieben. Sie wollte meine Mutter hinausschicken.
»Wir müssen Sie doch erst einmal waschen«, kam es tatsächlich.
»Ich will jetzt erst wissen, was mit meinem Kind ist, verdammt noch mal«, schrie ich wieder und schlug sogar um mich.
»Lauf und hole den Ulrich herbei«, bat ich meine Mutter.

Sie brachte Ulrich zu mir. Er kam aufgeregt: »Sie arbeiten an ihm. Er ist schlaff, muß beatmet werden.«
»Aber er lebt?«
»Er lebt. Aber sie behandeln ihn. Er kommt auch hoch auf die Kinderstation. Du kannst ihn so bald nicht sehen!«
Er lebte!
Ich schickte Ulrich wieder zurück, um sich zu informieren. In der Zwischenzeit ließ ich mich apathisch waschen.
Später kamen Ulrich und meine Mutter zu mir.
»Sie haben ihn gerade nach oben gebracht«, stöhnte Ulrich beim Hereinkommen. »Sie haben ihn im Brutkasten an mir vorbeigeschoben. Ich hab' ihn zwar nur flüchtig gesehen. Aber ich hab' ihn gleich erkannt. Ich wußte gleich: dies ist unser Kind. Er sieht aus wie du!«
Niemand beantwortete mir meine drängenden Fragen. Wie es meinem Kind ginge, was geschehen war, was geschehen würde. Hilflos lag ich auf meinem Bett, mit extrem zitternden Gliedern, die ich selbst immer wieder verwundert betrachtete, fassungslos, verständnislos, geschockt.
Einerseits erkannte ich ganz klar, daß Christopher in allerhöchster Gefahr schwebte. Andererseits war es, als sähe ich mir selbst zu, als betrachtete ich einen schlechten Film, in dem ich selbst die Hauptrolle spielte. So kam das ganze Ausmaß, die ganze Tragweite der Tragödie noch gar nicht an mich heran. Dies war in der momentanen Situation auch gerade das Höchstmaß dessen, was ich ertragen konnte.

»Geht doch einmal hoch zur Kinderstation und seht nach ihm«, bat ich.
Meine Mutter und Ulrich gingen, kamen aber schnell zurück. »Wir durften nicht zu ihm«, rief meine Mutter mir entgegen.
»Da oben ist das reinste Chaos, man kommt kaum durch die Kinderbettchen hindurch«, ergänzte Ulrich.
»Sie sagten, sie hätten so viel Arbeit mit ihm, daß sie uns gleich wieder wegschicken müßten. Sie arbeiten an ihm.«
»Gegen fünf sollen wir noch einmal hochkommen!«
In einer Stunde!
Eine weitere Stunde der Ungewißheit. Ulrich rief seine Mutter an. Das Kind sei da. Aber es habe auf die Kinderstation gebracht werden müssen.
Mit Erstaunen beobachtete ich, daß Ulrichs Hände zitterten, und er weinte. Warum weinte er nur? Gleich, gleich würden sie uns doch sagen, alles sei in Ordnung, Christopher habe sich erholt. Gleich wäre der Spuk vorbei und wir würden nach dem überstandenen Schrecken erleichtert aufatmen. Wieder war mir, als sähe ich von ganz weit weg nur zu.
Um fünf Uhr schickte ich meine Mutter und Ulrich nach oben. Kaum hatten sie mein Zimmer verlassen, waren sie auch schon wieder zurück.
»Ich sag's dir lieber gleich. Sie bringen ihn jetzt nach Bonn. Zur Kinderintensivstation. Er muß dauerbeatmet werden!«, rief Ulrich mir entgegen.
Bonn! Dorthin kommen nur ganz schwere Fälle!

Kinderintensivstation!
Ich nickte nur noch. Bat um die Auskunft des Kinderarztes. Irgendwann erschien Professor Hochwald noch einmal. Was er an diesem Nachmittag mit uns sprach, weiß ich heute nicht mehr. Ich war nicht mehr in der Lage, in diesem alptraumgleichen Labyrinth irgendwelche Gedanken zu ordnen und etwas aufzunehmen.
Nur als die Kinderärztin endlich kam, konzentrierte ich mich noch einmal mit aller Kraft, ebenso am Abend bei dem Telefonat mit dem Kinderarzt der Bonner Klinik.

»Dieser Kerl hat unser Leben zerstört«, wiederholte Ulrich für sich selbst und brachte mich hiermit wieder in die Gegenwart zurück. »Wenn ich nur an sein Verhalten direkt nach deinem Kaiserschnitt denke«, fuhr er fort. »Er kam aus dem OP, sauste in den Kreißsaal, kam raus und stotterte: ›Ihrem Kind geht's nicht gut. Ihrem Kind geht's nicht gut!‹ ›Warum haben Sie denn dann nicht eher einen Kaiserschnitt gemacht?‹, habe ich ihn gefragt. Da gibt er mir die dumme Antwort: ›Hinterher ist man immer schlauer!‹«
»Wo warst du eigentlich, als ich aus dem OP kam?«, fragte ich erst jetzt.
»Ich habe mich versteckt vor dir. Hinter einer Säule. Ich hätte nicht gewußt, was ich dir sagen sollte. Ich habe mich zuerst einmal versteckt!«
Ulrich stöhnte. »Mir hatte man ja erzählt, die Hebamme versorge nach dem Kaiserschnitt das Kind. Ich könne es dann sehen. Und so wartete ich ne-

ben dem Kreißsaal. Plötzlich hörte ich hastige Schritte, den schrillen Ruf der Hebamme: ›Bitte Kinderarzt sofort in den Kreißsaal. Bitte Kinderarzt sofort in den Kreißsaal!‹ Natürlich war mir klar, daß etwas schiefgegangen war. Dann hörte ich den Aufzug, spürte die Hektik. Dann das Geräusch des Atembeutels, wie das Zischen einer Luftpumpe für's Fahrrad. Ich dachte: ›Jetzt stirbt das Kind!‹«
Mich schauderte. Ich dachte nur an Christopher. Christopher, nach der Geburt unfähig, allein seinen ersten Atemzug zu tun. Weil man ihm dies angetan hatte! Christopher leblos auf dem Erstversorgungstisch im Kreißsaal, umringt von verzweifelt um sein Leben ringenden Ärzten. Ob er irgendwann, in oder außerhalb des Mutterleibes, gelitten, Angst oder Schmerzen verspürt hatte?
Ulrich fuhr fort: »Und deshalb habe ich mich vor dir versteckt. Ich wußte ja auch nichts Genaues. Ich fragte eine Hebamme, aber die hatte nichts damit zu tun. Der Assistenzarzt, der vorher mit mir Kaffee getrunken hatte, schüttelte auch nur die Achseln.«
Ich setzte mich auf. »Welcher Assistenzarzt? Der Kinderarzt?«
»Nein, der Gynäkologe. Der erst bei der Zange und dann beim Kaiserschnitt assistiert hat.«
»Wann hast du denn mit dem Kaffee getrunken?«
»Nach der Zange. Ich fragte noch, ob ich mir Sorgen machen muß. Er beruhigte mich und sagte, man würde das Kind jetzt doch per Kaiserschnitt holen.«
»Du hast in dieser Situation noch einen Kaffee mit

ihm getrunken?«, fragte ich noch einmal. Ich konnte es einfach nicht begreifen.
»Ja, er erklärte mir genau, was nun geschehen würde.«
Ich war fassungslos. Ich selbst hatte Sterbensängste ausgestanden, und Ulrich hatte in Allerseelenruhe mit dem Arzt Kaffee getrunken.
»In dieser Situation? Wo dein Kind in Lebensgefahr schwebte, nach der Zange, wo es ihm schlecht gehen mußte, da trinkst du Kaffee und schickst den Arzt nicht zu mir, um endlich das Kind zu holen?«, schrie ich ihn an. »Warum hast du ihn nicht losgeschickt, dein Kind zu holen?«
Ulrich sah mich verständnislos an. Vielleicht war dieser spezielle Vorwurf auch wirklich ungerecht.
Daß ein Notkaiserschnitt die einzige Maßnahme gewesen wäre, hätte der Arzt wissen müssen. Dabei hatte er vorher noch zur Narkoseärztin gesagt: »Wenn die Zange nicht klappt, muß das hier schnell gehen!« Warum hatte er nicht so gehandelt? Er als Arzt hätte es wissen müssen.
Ich hatte es gefühlt. Aber mein Vorwurf an Ulrich war das Resultat einer Folge von Gleichgültigkeiten und Lieblosigkeiten mir gegenüber, die sich in mir aufgestaut hatten. Und er war der Auftakt von vielen bitteren Vorwürfen, die folgen sollten. Ich war außer mir, daß meine Mutter in Todesängsten gewesen war, daß ich in panischer Verzweiflung gewußt hatte, daß es Christopher schlecht ging, während er als Vater sich in das Heer derjenigen eingereiht hatte, die wohl alle nicht mitgedacht hatten.

Zum ersten Mal schrie ich ihn an. Jetzt durfte ich mich aufregen, Christopher schadete dies nicht mehr. Auf ihn brauchte ich keine Rücksicht mehr zu nehmen. Ich schrie ihn an, weil ich nichts mehr zu verlieren hatte! »Du Idiot, warum hast du nicht verlangt, er solle sofort dein Kind holen?«

Donnerstag, Weiberfastnacht. Als die Schwester morgens das Zimmer betrat, weinte ich bereits. Ich würde mich noch daran gewöhnen müssen, daß es in der kommenden Zeit lange Phasen geben sollte, in denen ich heftig und haltlos weinte, weinte, weinte. Die Schwester versuchte, mich zu trösten, war einfühlsam und nett, aber es traf mich tief, als ich sie Minuten später auf dem Gang fröhlich Karnevalsschlager singen hörte. Damals tat mir dies weh. Heute ist mir klar, daß sie lediglich Anteil nehmen, aber keinesfalls mein Leid teilen konnte.
Bei der Visite fragte ich: »Wann kann ich hier heraus?«
»Samstag?«, antwortete Professor Hochwald zögernd.
Ich nickte. Ich wollte nach Hause. Wollte hier weg. Wollte dieses Krankenhaus verlassen, quasi als Etappenziel, das Christopher und mich jedoch auch nicht weiterbrachte. Meine Sorgen würde ich ohnehin mit nach Hause nehmen.
Mittlerweile erhielt ich Anrufe, beantwortete Fragen, gab Auskunft. Nie gab ich Dritten gegenüber meine ganzen Ängste, meine Ahnungen und Befürchtungen preis. Stets zeigte ich mich im Rahmen der Dinge optimistisch: Ich verteidigte mein Kind!

In mir hatte sich das Gefühl manifestiert, daß ich Christopher zum Tode verurteilte, wenn ich aussprach, was ich innerlich doch ganz klar wußte. So lange ich nach außen zuversichtlich blieb und meine innere Stimme verleugnete, hatte er für mich alle Chancen, die ich ihm so zubilligte. Diese Haltung war in meiner damaligen Verfassung für mich ein Schutzschild. Natürlich war das, woran ich mich klammerte, nicht mehr als eine Art Aberglaube oder eine Form magischer Beschwörung.
An diesem Donnerstag nahm ich auch wieder Christophers Tagebuch zur Hand – aber ich schrieb meine wahren Gedanken nicht nieder, dokumentierte lediglich eine Scheinhoffnung. Nur meiner Mutter gegenüber ließ ich mich gehen – und auch gegenüber meinem Vater.
Er rief an, um zu gratulieren. »Ach, der Kleine berappelt sich doch wieder«, meinte er zu meinen Ausführungen.
Ich hätte ihn dafür ohrfeigen können. Monatelang hatten wir nichts voneinander gehört. Aus einem kleinen Streit am Telefon heraus, der im Grunde nicht der Rede wert war, hatte ich den Hörer aufgelegt. Und entgegen sonstiger Gewohnheit waren wir beide zu dickköpfig gewesen, uns wieder zu melden. Nicht Weihnachten, nicht Neujahr. Es hatte mich verletzt, daß er nicht einmal angerufen hatte, wo er doch von meinem Großvater wußte, daß ich mit Komplikationen im Krankenhaus lag. Da wir stets ein enges Verhältnis zueinander gehabt hatten, war ich geneigt, dies auf seine zweite Frau zurückzuführen, die er vor einem knappen Jahr ge-

heiratet hatte. Er verteidigte sich, indem er anführte, daß Ulrich ihn stets, wenn er sich bei uns zu Hause gemeldet hatte, abgewimmelt habe.
Ich war ganz das Kind meines Vaters, äußerlich wie meinem Wesen nach, uns hatte immer ein tiefes Sich-Verstehen-ohne-große-Worte verbunden. Genauso war Christopher ganz mein Kind, zumindest dem Äußeren nach, und ganz Enkel meines Vaters. Er war auch ihm wie aus dem Gesicht geschnitten. Daß er als ersten Vornamen den Namen Max trug, hatte in diesem Zusammenhang eine besondere Bedeutung.
Am nächsten Tag, freitags, sollte mein Vater in großem Rahmen seinen 50. Geburtstag feiern.
Und was hätte es für meinen Vater bedeutet, pünktlich zu seinem Jubiläum einen Enkel, als besonderes Geschenk sozusagen, gesund bekommen zu haben!
Umso tiefer verletzte es mich, daß mein Vater seinen Geburtstag trotz allem, noch dazu mit viel Pomp, feierte!
Seine Tochter war am Rande des Nervenzusammenbruchs, sein Enkel lag auf der Intensivstation, angeschlossen an die Beatmungsmaschine – und er feierte seinen Geburtstag. Er konnte tatsächlich feiern! Er konnte scherzen, lachen, tanzen, Champagner trinken und Kaviar essen, während Christopher um sein Leben rang und ich vor Sorgen verzweifelte, während Christopher von Monitoren überwacht wurde und ich meistens weinte.
Monate später machte ich ihm gegenüber diesen Vorwurf. Noch heute kann ich nicht verstehen, daß

er seine Feier nicht absagte, innerlich verzeihen kann ich es ihm wohl nie. Aber wir reden nicht mehr darüber, es steht nicht mehr trennend zwischen uns, ich lebe damit, daß es nun eben einmal – aufgrund der Sachlage und seiner eingeschränkten Einschätzung der Dinge – so war und vor allem nicht mehr zu ändern ist.
Die einzigen Blumen, die ich als Wöchnerin erhielt, kamen von meinem Vater. Ein dicker Strauß per Fleurop, der mich nicht zu freuen vermochte, versehen mit einer Karte mit den Worten: »Alles Gute für Dich und Christopher!« Sie gehört zu den vielen Dingen, die ich als Erinnerung aufgehoben habe.
Natürlich besuchten wir Christopher auch an jenem Donnerstag, ebenso am darauffolgenden Freitag.
Hier wurde ich erstmalig von seiten der Kinderärzte knallhart mit der Realität, mit Christophers wahrem Zustand und seinen Überlebenschancen, seinen Perspektiven, konfrontiert. Was wir dabei begreifen mußten, war, daß jeder der Ärzte seine ureigene Art hatte, uns den Gesundheitszustand unseres Kindes zu vermitteln. Instinktiv befragten wir so zu Beginn von Christophers Leiden überwiegend jene unter ihnen, die die Wahrheit am schonungsvollsten verpackten, allen voran Dr. Theissen. An diesem Freitag aber lernte ich erstmalig Dr. Linde kennen, den Chefarzt der Kinderklinik. Im Laufe der Zeit sollte ich ihn als charakterstarken, gütigen Menschen erleben, der seine Freizeit oft genug dafür opferte, mir ein Stück auf meinem harten Weg weiterzuhelfen, indem er mich stützte, wenn ich

glaubte, zusammenzubrechen, mir Kraft gab, wenn ich mich am Ende wähnte. Noch heute fühle ich große Dankbarkeit für ihn.
Doch so sehr ich ihn später noch schätzen lernen sollte, so sehr lehnte ich ihn nach unserer ersten Begegnung ab. Nichts hiervon werde ich jemals in meinem ganzen Leben vergessen. Ich wundere mich selbst darüber, wie sehr sich mir jedes Detail eingeprägt hat.
Am Vormittag hatte ich eine gewisse Zeit an Christophers Inkubator verbracht, ihn wie immer sanft streichelnd und leise liebevoll mit ihm sprechend. Ich selbst fühlte mich elend und unsagbar erschöpft. Keine Macht der Welt hätte mich normalerweise, kraftlos wie ich war, aus meinem Krankenhausbett hinausgetrieben – keine außer meinem sterbenskranken Kind. Einer der Oberärzte war gerade auch zum ersten Mal Vater geworden; strahlend nahm er die Glückwünsche der Schwestern entgegen. Ich registrierte dies mit bitterem Schmerz und sollte noch so oft ähnlich quälenden Situationen ausgesetzt sein.
Müde und verzweifelt in meinem Rollstuhl sitzend, schob Ulrich mich dem Ausgang zu, als die Gruppe der Kinderärzte sich zu uns wandte.
Dr. Linde trug wie alle den blauen Kittel der Intensivstation. Seltsam, daß ich mich sogar noch genau daran erinnere, daß seine Brusthaare aus dem weiten Halsausschnitt herausschauten.
»Nach Ihrer Sectio sind Sie heute schon hier?«, fragte er mich.
Der Blick aus seinen braunen Augen traf mich mit-

leidig – und warmherzig. Ich wollte nicht über mich sprechen, nur über Christopher. Fragte Dr. Linde natürlich nach seiner Einschätzung der Lage.
»Wir haben hier ein schwerstkrankes Kind vor uns . . .«, begann er langsam.
Schwerstkrank!
Dr. Theissen senkte den Kopf. Er hatte doch stets gesagt, man wisse nichts Genaues. Also könne doch noch alles gut werden.
»Bei unserem Kind wäre es beinahe auch schief gegangen«, mischte sich der Oberarzt ein.
Mein Blick war es vermutlich, was ihn verstummen ließ. Die Erleichterung derjenigen, die es nicht getroffen hatte, sollte ich noch öfter erleben und erdulden müssen.
Ich holte tief Luft. »Wie sind seine Chancen?«
Dr. Linde sah mich lange an. Dann: »Die Chance, daß er überlebt, 50 : 50. Die Chance, daß er gut überlebt, noch einmal 50 : 50. Wobei es ein guter Ausgang ist, wenn dieses Kind in zehn Jahren die Sonderschule besucht!«
Was war das für eine Perspektive?
Was sollte ich hoffen, wünschen?
Wie sollte ich hiermit fertig werden?
»Ich will doch nur, daß er lebt!«, stammelte ich nach einer Weile.
Wieder sah Dr. Linde mir lange und tief in die Augen, bevor er antwortete: »Das glaube ich Ihnen nicht!«
Dieses Gefühl, das ich in jenem Augenblick zum ersten Mal in meinem Leben empfand, sollte sich in der nun folgenden Zeit noch oft in mir aus-

breiten: Es war das Gefühl, den Verstand zu verlieren.
»Genau so muß es sein, wenn man wahnsinnig wird«, dachte ich.
Es war die gefühlsmäßige Reaktion darauf, daß man vom schlimmsten Leid getroffen wurde, das man sich vorstellen konnte, daß man nichts tun konnte, sondern hilflos zusehen mußte, ohnmächtig im wahrsten Sinne des Wortes – und man mußte dies aushalten.
Ohne zu wissen, wie.
Ohne, daß irgend jemand helfen konnte. Man mußte dies aushalten – ganz allein mit sich selbst.
Im Auto wiederholte ich meiner Mutter die Aussagen des Chefarztes.
Sie antwortete mit keiner Silbe.
In meinem Krankenbett erst begann ich wieder zu weinen, es war wie stets ein haltloses Schluchzen, das meinen ganzen Körper durchschüttelte.
»Ich packe meine Sachen, ich will sofort hier heraus«, meinte ich dann.
»Sei doch vernünftig«, versuchte meine Mutter mich zu beschwichtigen, »wenn dir die Narbe aufplatzt oder sonst welche Komplikationen eintreten, ist Christopher auch nicht geholfen.«
»Ich will hier heraus«, schluchzte ich weiter.
»Dann warte bis morgen. Du bist ohnehin überanstrengt. Schone dich bis morgen. Christopher braucht dich!«
Dies war das Argument, das mich überzeugte.
»Aber dann möchte ich ihn heute nachmittag noch einmal besuchen«, beharrte ich.

Meine Mutter nickte Ulrich an.
Der schimpfte zwar über diese Tortur, stimmte schließlich zu. Erst wollte er aber nach Hause fahren, um sich etwas hinzulegen.
Meine Mutter und ich blieben allein, stumm saß sie an meinem Bett, hielt meine Hand.
Man brachte mir meinen Mutterpaß zurück, in dem die Apgar-Werte* des Kindes nach der Geburt eingetragen waren. Direkt nach der Geburt hatte Christopher lediglich Apgar eins erhalten – einen von zehn Punkten! Nach fünf Minuten Apgar zwei, nach zehn Minuten Apgar vier.
Er hatte immerhin vier Punkte erhalten.
Ich wollte tatsächlich glauben, daß vier von zehn Punkten gut wären, klammerte mich daran, verleugnete die Realität, die ich noch nicht ertragen konnte.
Später erfuhr ich, daß gesunde Kinder Apgarwerte zwischen acht und zehn haben und Werte unter fünf akute Lebensgefahr signalisieren. Also hatte Christopher auch noch nach zehnminütiger Behandlung in dieser akuten Gefahr geschwebt.
Immerhin, redete ich mir zu, hat sein Herz nie ausgesetzt.
»Wenn das Herz nicht ausgesetzt hat, kann doch der Hirnschaden nicht so schlimm sein«, erklärte ich mehr mir selbst als meiner Mutter.
Sie stimmte zu. Wieder machten wir uns gegenseitig Mut. Daß bei einer Sauerstoffunterversorgung

---

* Bestimmungswerte des Gesundheitszustandes eines Neugeborenen

erst das Hirn geschädigt wird, bevor der Herzschlag aufhört, daß bei einem Neugeborenen das Herz das kräftigste Organ ist, erfuhr ich erst viel später. Zunächst aber machten meine Mutter und ich uns gegenseitig Hoffnung. Nachmittags nahm ich den Mutterpaß mit in die Kinderklinik, zeigte die Werte Dr. Theissen.

»Wir wissen ja nicht, wofür er vier Punkte erhalten hat«, bremste Dr. Theissen mich vorsichtig.

Monate danach las ich im Krankenbericht, daß es je zwei für Herzschlag und Hautfarbe waren. Keiner für Atmung, für einen Schrei, für Reflexe.

Freitag abend. Der letzte Abend in diesem Krankenhaus. Im Fernsehen lief ›Mainz bleibt Mainz, wie es singt und lacht‹. Ich schaltete um, weil ich diese Karnevalsfröhlichkeit nicht ertragen konnte. Im anderen Programm wurde ein Katastrophenfilm gesendet, der mich auch nicht ablenken konnte. Als typisches Phänomen sollte ich das in der folgenden Zeit noch oft erleben: Ich mußte mit den schwersten Sorgen und dem größten Kummer fertig werden – und nichts vermochte mich auch nur für kurze Zeit abzulenken. Nichts konnte mich für Momente zerstreuen, da nichts mich zu fesseln und die immer gleichen Gedanken zu unterbrechen vermochte. Die Qual war allgegenwärtig, entließ mich nicht. Nur langsam verstrich die Zeit.

Am nächsten Morgen machte der Oberarzt, Dr. Dusthoff, die Visite. Professor Hochwald war verreist. Er konnte Urlaub machen und sich erholen von dem, was er angerichtet hatte!

Verreist. Wäre er nur eine Woche eher gefahren!

Vermutlich hätte Dr. Dusthoff mein Kind gesund in die Welt geholt.
Für einen Augenblick stutzte er im Türrahmen, bevor er sich überwand. Er kannte mich nur hübsch und gepflegt. An diesem Morgen bot ich ihm einen jämmerlichen Anblick: verweint, mit verquollenem Gesicht, fettigen Haaren, leidender Miene. Er untersuchte mich und verabschiedete mich mit den sicher freundlich gemeinten Worten: »Wollen wir hoffen, daß es Ihrem Kind bald besser geht!«
Ich nickte und verlor dann völlig die Fassung. Wieder begann ich haltlos zu schluchzen.
Er sah mich mitleidig an, bevor er sich abwandte.
Ich bin sicher, daß er den Fehler seines Vorgesetzten genauso beurteilte wie ich, auch ohne daß er ein Wort darüber verlor.
Meine Mutter und Ulrich hatten die Milchpumpe besorgt, die ich zu Hause brauchen würde. Dann holten sie mich ab. Auf dem Heimweg wollten wir Christopher besuchen.
Danach kehrte ich nach Hause zurück. Erschöpft, verzweifelt, dem körperlichen und seelischen Zusammenbruch nahe.
Innerlich leer – in doppelter Bedeutung des Wortes. Ich kehrte ohne Kind nach Hause zurück – ohne Christopher. Wie anders hatte ich mir meine Heimkehr nach der Geburt vorgestellt! Ich begann an diesem Tag bewußt noch nicht damit, zu vergleichen zwischen dem, was hätte sein sollen, und dem, was war. Ich verbot mir dies, um nicht vollends durchzudrehen.
Niemals zuvor war mein Leben so öde, grau und

leer gewesen! Wieder fragte ich mich, wie ich dies ertragen, erdulden, aushalten sollte. Wieder glaubte ich, wahnsinnig werden zu müssen.
Als ich zu allem Überfluß nicht einmal auf Anhieb mit der Milchpumpe zurecht kam, waren meine Nerven kurz vor dem Zerreißen. Meine Mutter blieb geduldig, Ulrich wirkte apathisch.
Doch an diesem Abend schrieb ich in Christophers Tagebuch, noch immer die Hoffnung nicht loslassend, er würde es später einmal lesen:

Mein geliebter kleiner Junge!

Es bricht mir das Herz, Dich in Deinem Brutkasten so leiden und kämpfen zu sehen – so klein mußt Du schon so tapfer sein! Ich habe lange, lange Phasen, in denen ich nur noch weinen kann – um Dich, der Du doch für Deinen Papi und mich das Wichtigste auf der Welt bist. Wenn ich bei Dir bin, fällt es mir immer sehr schwer, mich von Deinem Bettchen loßzureißen. Kleiner Mann, tapferer, kleiner Kerl!
Halte durch, alle, alle Liebe, jedwede Therapie, alles sollst Du haben.
Werde ganz schnell gesund!
Auch wenn die Ärzte uns nicht immer viel Hoffnung machen, auch wenn wir manchmal vor Angst fast wahnsinnig werden – unsere Zuversicht – und Hoffnung überwiegt.
Du warst von Anfang an und wirst es immer bleiben:

Ein heiß und innig geliebtes Kind.
Ich bete zu Gott, daß er uns hilft!

Als ich am nächsten Morgen aufwachte, war mein ganzes Nachthemd durchnäßt – aus meiner Kaiserschnittwunde waren unglaubliche Mengen eitrigen Sekrets ausgetreten. Ich hütete mich davor, mich allzu sehr zu belasten, und bat Ulrich ausnahmsweise, allein zu Christopher zu fahren. Er sollte ihm die Milch bringen, die ich abgepumpt hatte, und nach ihm sehen.
Er fühle sich auch erschöpft, lamentierte er, ob er denn heute überhaupt fahren müsse ...
»Ja, wegen der Muttermilch, die dein Kind dringend braucht«, bestimmte meine Mutter.
Als er zurückkam, war er wortkarg und depressiv. Man hatte Christophers Beruhigungsmittel reduziert, erzählte er in knappen Worten, zu denen er sich mühsam durchrang.
Ich freute mich. Dies hieß doch, daß wir endlich Klarheit gewinnen würden. Denn erst nach völligem Abbau des Luminals, das man Christopher gab, konnte getestet werden, ob er einen Hirnschaden hatte oder nicht. Endlich würden wir mehr erfahren.
Später erzählte Ulrich mir, man habe das Luminal reduzieren müssen, um die künstliche Beatmung auslaufen zu lassen und somit den Tubus entfernen zu können, durch den Christopher eine zusätzliche Lungenentzündung bekommen hatte. Er verschwieg mir die Lungenentzündung und das, was er wirklich dachte.

Er dachte, Christopher würde jetzt sterben.
Gegen Abend näßte meine Wunde so sehr, daß Ulrich den Notarzt rief. Dieser schickte mich per Krankenwagen in ein Krankenhaus in der Nähe. Bei meinem Abtransport klingelte das Telefon. Der Schrecken, dies könne das Krankenhaus sein, Christopher könne es schlechter gehen, ja, er könne gestorben sein, durchfuhr mich. Der Gedanke, daß meine Mutter uns dann zurückgerufen hätte, beruhigte mich kaum, ich war von Angst erfüllt.

In diesem Kleinstadtkrankenhaus, in das ich mich zur Entbindung nicht hatte begeben wollen, weil es einen schlechten Ruf hatte, erzählte man mir: »Wenn wir den Verdacht haben, daß ein Mißverhältnis zwischen Kopf und Becken besteht, legen wir den Zirkel an und vermessen!«
Ich war sprachlos.
Auch hier hätte die von Professor Hochwald als veraltet abgetane Zirkelmethode mein Kind gerettet! Und ich war aus übertriebener Vorsicht heraus extra den Weg von Andernach nach Koblenz gefahren, weil ich glaubte, hier wäre ich in besseren Händen!

Man versorgte meine Wunde, dann durfte ich wieder nach Hause zurück.
Im Rollstuhl wollte Ulrich mich zum Auto bringen. Diese Fahrt durchs Krankenhaus wird mir als Odyssee in ewiger Erinnerung bleiben. Ulrich schob mich durch endlose, leere Flure, an deren Ende uns stets verschlossene Glastüren erwarteten. Keine

Menschenseele, die man hätte fragen können, keine Hinweisschilder. Immer hektischer und aggressiver jagte Ulrich mit mir durch die Gänge. Als wir schließlich einen offenen Ausgang fanden, war dieser an der dem Parkplatz entgegengesetzten Seite des Gebäudes. Durch strömenden Regen schob Ulrich mich fluchend den weiten Weg zum Auto. An einem Gefälle ließ er los, der Rollstuhl sauste mit mir und meiner gerade versorgten Wunde davon. An der Bordsteinkante wurde ich nach vorne geschleudert und fing mich mit den Händen am Auto ab. Ich weinte stumm vor Qual, Pein und Kummer. Wie kam ich mir armselig vor in diesem Augenblick: klatschnaß, mit Schmerzen, Sorgen, von meinem Mann abhängig – und zerrissen vor Leid um mein Kind.

Tatsächlich sollten wir in den folgenden Tagen zunächst etwas Hoffnung schöpfen. Als ich montags früh in der Kinderklinik anrief, hörte ich gute Nachrichten: »Es sieht eigentlich ganz gut aus«, erzählte mir die Schwester. »Er wird allmählich wacher. Beim Fertigmachen heute früh hat er sogar sein Köpfchen gedreht!«

Es ist schwer zu beschreiben, wie groß meine Erleichterung nach diesem Telefonat war. Ich schöpfte so viel Kraft daraus, daß ich mich überwand, den Rolladen in Christophers Zimmer selbst heraufzuziehen. Erstmalig seit seiner Geburt und meiner Rückkehr betrat ich den mit so viel Liebe hergerichteten Raum – kurz und mit zusammengebissenen Zähnen. Und es kam sogar ein kleiner Funken Eitelkeit zurück, als ich mich aufraffte, mir die Haare zu waschen.

In Bonn angekommen hörte ich, daß Christophers Zustand weiterhin stabil sei und er die abgepumpte Muttermilch gut vertrüge. Er sah so kräftig und rosig aus!

Als ich sein Händchen streichelte, griff er wie zuvor meinen Finger und hielt ihn fest. Ich freute mich, als er einmal seine Ärmchen und Beinchen anzog und in Bauchlage seinen Po hob. Und da: Er versucht wirklich, sein Köpfchen zu drehen.

Hinterher stellte sich heraus, daß alle diese Reaktionen Symptome beginnender Hirnkrämpfe darstellten. Je weiter der Pegel des Luminals im Blut absank, umso mehr würden sich diese Anfälle zeigen.

Was man uns außerdem verschwieg, war ein Herz-Kreislauf-Kollaps am ganz frühen Morgen.

Im Vergleich mit dem mehr und mehr zappelnden Frühchen lag Christopher nach wie vor viel zu ruhig da. Aber noch wollte ich daran glauben, daß er gesund würde. Schließlich konnte das doch einfach nicht sein, daß gerade mein Kind sterben oder behindert sein sollte. Mir passierte das doch nicht – nur anderen.

Doch auf dem Heimweg stellte ich meiner Mutter die Frage, die mein inneres Wissen widerspiegelte: »Was ist, wenn sein Zustand so bleibt, wenn er nicht weiter aufwacht?«

Dienstags erfuhr ich bei meinem allmorgendlichen Anruf, Christopher habe die Augen geöffnet.

Er hatte die Augen geöffnet!

Vor Freude glaubte ich zu zerspringen. Schnell machte ich mich auf den Weg nach Bonn – ich hatte solche Sehnsucht nach meinem Kind.

Zu Hause war ich stets unruhig, nervös, fahrig. Ruhig und zufrieden war ich nur, wenn ich bei Christopher war. Doch kurz nach meiner Operation ermüdete ich schnell. Zwar brauchte ich keinen Rollstuhl mehr, aber die ganze Fahrt und das Gehen in kleinen Schritten waren anstrengend, der Aufenthalt auf der überheizten Intensivstation, umgeben von piepsenden Geräten und blinkenden Monitoren, eine Strapaze.
Wie immer streichelte ich Christopher, sprach ich zu ihm. Mit aller Gewalt versuchte ich, ihn dazu zu bringen, mich anzusehen. Und tatsächlich – während ich kontinuierlich sanft auf ihn einsprach, drehte er das Köpfchen zu mir und öffnete die Augen. Heiß durchströmte mich das Glück: Mir schien, als reagiere mein Kind auf mich, auf meine Anwesenheit und meinen Zuspruch, als wolle er mit aller Kraft erkunden, wer sich da so um ihn sorgt.
Es schmerzte tief, Christopher so kämpfen zu sehen, aber bei der Vorstellung, er täte dies für mich, verkrampfte sich mein Herz. Es war ebenfalls stets schwer, das kleine Bündel Mensch abends allein in der Klinik zurückzulassen. Allein in dieser Umgebung, auf fremde Menschen angewiesen. Ich hätte alles gegeben, ihn schneller gesund machen und nach Hause holen zu können.
Doch an diesem Abend fuhr ich einigermaßen guter Dinge nach Hause. Christopher hatte die Augen geöffnet. Morgen durfte ich ihm eigene Anziehsachen mitbringen – ein Paar seiner Söckchen.
Zu Hause angekommen, stand meine Mutter bereits im Türrahmen.

»Und?«, fragte sie.
»Er hat die Augen aufgemacht!«, rief ich ihr entgegen.
»Nein!«. Sie brach fast zusammen, hielt die Hände vor ihr Gesicht und begann zu weinen. »Das ist ja ein Wunder«, schluchzte sie.
Am nächsten Morgen fuhr meine Mutter nach Hause. Mit dem Taxi setzte ich sie am Bahnhof ab, bevor ich weiter in die Kinderklinik fuhr. Erstmalig begleitete mich Ulrich nicht – auch er versuchte, sich wieder auf seinen Beruf zu konzentrieren, konnte nicht wochenlang fehlen. Seiner Tätigkeit momentan nachzugehen, war für ihn sicher eine enorme Belastung, gleichzeitig aber auch eine Ablenkung, die ich nicht hatte. In den folgenden Monaten sollte mein Leben ausschließlich aus Krankenhaus, Kummer und Leid bestehen.
Christophers Zustand war unverändert. Ich war enttäuscht, daß er diesmal nicht die Augen öffnete.
Gegen Mittag befiel mich eine so ungeheure Mattigkeit, daß ich beschloß, nach Hause zu fahren. Sofort legte ich mich zu Bett und schlief auch gleich ein.

Trotz aller Ängste, Sorgen und Gedanken schlief ich ständig in dem Moment ein, in dem ich mich ins Bett legte. Einerseits war ich sicher noch von meiner eigenen Operation erschöpft, andererseits war dies vermutlich die körperliche Reaktion auf meine seelische Überbeanspruchung. In diesem Stadium brauchte ich wohl ein enormes Quantum Schlaf, um überhaupt alles durchzustehen.

Bald sollte es allerdings Zeiten geben, in denen ich nur noch mit Beruhigungsmitteln schlafen konnte.

Am späten Nachmittag erwachte ich und fühlte mich so zerschlagen, daß ich am liebsten liegengeblieben wäre. Aber das Gefühl, Christopher brauche meine Nähe und Gegenwart, meine Verantwortung für und die Sehnsucht nach ihm trieben mich aus dem Bett. Mühsam zog ich mich an. Wieder nahm ich ein Taxi nach Bonn.
Draußen war es bereits dunkel, als ich zu Christopher trat. Ich streichelte ihn, sprach zu ihm, und mich überkam bei allem ein tiefer Frieden hier in seiner Gegenwart. Wie immer war ich froh, gekommen zu sein. Merkwürdigerweise auch ruhig und gelassen. Hier bei meinem Kind auszuharren, war das einzig Richtige, das ich tun konnte, hier war mein Platz.
Dr. Nierbach, der Kinderneurologe dieser Klinik, machte eine Ultraschalluntersuchung von Christophers Herzen. Die Schwellung, die durch die Sauerstoffunterversorgung aufgetreten war, schien zurückgegangen zu sein. Der Arzt konzentrierte sich auf seine Arbeit und sprach nur das Nötigste mit mir. Er wußte bereits, was ich erst in den nächsten Tagen erfahren sollte: Christopher würde niemals mehr gesund!
Die leichten Reaktionen, die er mir gezeigt hatte, die Stabilität seiner körperlichen Funktionen, all das hatte mich in den Glauben versetzt, Christopher würde überleben. In diesem Punkt war ich mir an diesem Abend sicher. Und da mein Kind

natürlich nicht behindert sein konnte, klammerte ich mich an die Hoffnung, er würde noch ganz gesund. Eine andere Möglichkeit ließ ich innerlich nicht zu.
So trennten Dr. Nierbach und mich an jenem Abend unsere unterschiedlichen Voraussetzungen, und es kam zu folgendem Gespräch:
»Er wird doch überleben?«, fragte ich mehr rhetorisch.
Dr. Nierbach zögerte einen Augenblick und atmete tief durch, bevor er antwortete: »Ja!«
Ich nickte.
Dann fuhr er langsam fort: »Es ist natürlich immer das Problem, daß solche Kinder in einem Zustand überleben, der für sie selbst und ihre Eltern auszuhalten und noch irgendwie lebenswert ist!«
Die Bedeutung dieser Worte sollte mich nicht erreichen, weil ich innerlich abblockte. Diese Problematik mochte andere betreffen, mich nicht. Ich verleugnete die Realität.
»Aber er kann doch auch noch ganz gesund werden?«, wollte ich bestätigt wissen.
Dr. Nierbach zögerte wieder: »Wenn das mein Kind wäre, hätte ich diese Hoffnung auch!« Dann erzählte er mir von einem Jungen, der klinisch tot geboren und wiederbelebt worden war. Vor ein paar Tagen habe er ihn in einem Schuhgeschäft getroffen, gesund und munter.

Am nächsten Morgen, donnerstags, kam mein Vater. Trotz mehrstündiger Fahrt von Hannover nach Andernach klingelte er bereits gegen neun Uhr morgens an der Tür. Noch immer unbeschwert und der Meinung, heute seinen süßen Enkel zu besuchen, der bald wohl gesund nach Hause geholt würde, wollte er am liebsten direkt mit mir nach Bonn weiterfahren. Zunächst entsetzte ihn allerdings mein Zustand. So mitgenommen aussehend hatte er sich seine Tochter nicht vorgestellt.

Bevor wir losfahren konnten, mußte ich noch Milch abpumpen. Diese Prozedur nahm mich fünf- bis sechsmal täglich für ungefähr eine halbe Stunde in Anspruch.

Während der Fahrt nach Bonn verputzte ich eine ganze Tafel Schokolade – vermutlich produzierte mein nervlicher Zustand einen derartigen Heißhunger. Mein Vater wollte mich sicher aufmuntern, als er mir Komplimente über meinen wertvollen Pelzmantel machte. Überrascht stellte ich fest, wie gleichgültig mir dieser Mantel, den ich mir ziemlich genau ein Jahr zuvor hatte anfertigen lassen, den Schnitt und die Felle peinlich genau aussuchend, nun war. So schnell ändern sich die Wertmaßstäbe, stellte ich bitter fest!

Mein Vater begab sich auf den Besucherflur. Da Christophers Inkubator vom Fenster aus der zweite hinter dem des kleinen Mädchens war, konnte er nur wenig von ihm sehen.

Durch meinen draußen in der Märzkälte frierenden Vater fühlte mich mich gehetzt. Strahlte meine innere Unruhe auf Christopher ab? Zeigte er heute deshalb keine weiteren Reaktionen? Lag er heute deshalb noch ruhiger da als gestern? Ich teilte meine Gedanken einer der Schwestern mit.

»Dabei atmet er doch seit gestern abend ganz allein, ohne Unterstützung. Und heute morgen konnten wir sogar den Tubus entfernen, den wir für alle Fälle über Nacht hatten liegen lassen.«
Erst jetzt fiel mir in diesem ganzen Gewirr von Schläuchen und Drähten in der Enge des Glaskastens – Inkubator die entscheidende Veränderung in Christophers kleinem Kindergesicht auf.
Allerdings hatte ich mir keinerlei Gedanken mehr darum gemacht, ob Christopher alleine atmen könne oder nicht. Bei der ersten Begegnung mit Dr. Linde hatte ich ihn befragt, ob es sein könne, daß Christopher ohne Maschine nicht atmen würde, im Zustand der Apparateabhängigkeit verbliebe. Er hatte dies als Möglichkeit bejaht.
»Und dann?«, hatte ich gefragt.
»Dann haben wir ein Euthanasieproblem«, hatte er geantwortet.
Aber dann nahm Christophers Eigenatmung ständig zu. Daß er seit gestern abend unabhängig war von der Maschine, erschien mir so nur normal. Das Frühchen nebenan wurde nach wie vor beatmet – aber es zappelte so aktiv in seinem Brutkasten herum, daß man seine Ärmchen hatte anbinden müssen, damit es sich nicht selbst die lebensnotwendigen Schläuche abzog.
Die Schwester fuhr fort: »Das Absetzen der Beatmung ist immer ein ganz großer Schritt!«
»Ja«, dachte ich, »für ein Frühchen.«
Ich versuchte mir einzureden, Christopher sei von seiner Eigenatmung derart mitgenommen, daß er

eine Art von Tiefschlaf brauche. Sicher würde er bald wieder mehr reagieren.
Die einzelnen Räume der Kinderintensivstation waren in halber Höhe nur durch Fenster getrennt, so daß die ganze Station von Ärzten und Schwestern ständig übersehen wurde. Bei Bedarf konnten allerdings Vorhänge zugezogen werden.
So beobachtete ich, was im Nebenzimmer geschah. Dort wurde gerade ein quietschlebendiges Baby versorgt. Es lag in einem normalen Kinderbett und sollte tags darauf die Klinik verlassen.
Wenn Christopher doch auch erst einmal in so einem Bett liegen würde! Raus aus dem Inkubator, weg von allen Apparaten! Dann hätten wir es endlich geschafft. Plötzlich wußte ich, daß Christopher bald dieses Zimmer und dieses Bett bewohnen sollte. Ich sah dies klar voraus. Aber niemals sah ich ihn zu Hause. Christopher würde im Bettchen des Nebenzimmers liegen – aber er hatte es dann noch nicht geschafft.
Jenes Zimmer sollte Christophers letztes Zuhause werden, in diesem Bett sollte er Wochen später sterben.
Über Mittag fuhren wir nach Andernach. Meine Mutter rief an. Durch ihren räumlichen Abstand hatte sie auch mehr Hoffnung gewonnen.
»Unser Kleiner schafft das schon«, hörte ich sie zuversichtlich sagen. In diesem Augenblick fühlte ich mich mit meinen ganzen Ängsten allein – und unsäglich verlassen.
Nachmittags begleitete mich Ulrich nach Bonn. Vorher wollte ich wegen meiner Operationsnaht

bei Dr. Ulrici hereinschauen. Mein Vater blieb bei uns zu Hause, um sich nach der langen Fahrt am frühen Morgen etwas hinzulegen.
Unterwegs nahm Ulrich im Auto meine Hand.
»Vielleicht wird er uns nochmals geschenkt«, meinte er.
In diesem Moment fühlte ich mich ihm nah, vertraut und verbunden – warum konnte es nicht immer so sein?
Als Dr. Ulrici das Sprechzimmer betrat, stellte er sofort die Frage: »Wie geht's dem Kind?«
Zu meiner eigenen Überraschung war ich unfähig zu antworten. Tränen schossen mir in die Augen, und ich spürte, wie mein Kinn zitterte. Als ich meinen Kopf in die Hände stützte, legte er seine Hände um meine. Seltsam, wie gut mir diese Geste in Erinnerung geblieben ist – vielleicht, weil mir in dieser Zeit jede Herzlichkeit und Anteilnahme so wichtig war.
Ich beschrieb Christophers Zustand, seine Reaktionen und sagte abschließend: »Vielleicht wird er doch noch ganz gesund. Diese Hoffnung lasse ich mir als Mutter nicht nehmen!«
Es sollten die letzten Stunden sein, in denen ich mich Hoffnungen hingab und diese äußerte. Noch am selben Abend sollten wir mit der Realität konfrontiert werden. Was dann noch blieb, war das Warten auf ein Wunder.

Die Werte des Luminalpegels in Christophers Blut sollten an diesem Abend vorliegen. Wäre der Pegel noch hoch, so würde dies seine wenigen Reaktionen erklären. So hoffte ich inständig, er sei noch nicht sehr weit abgesunken. Da man aber am Sonntag das letzte Luminal verabreicht hatte und es jetzt mittlerweile Donnerstag war, belog ich mich wieder einmal selbst.

Bereits beim Betreten von Christophers Zimmer warf ich einen Blick in die Krankenakte, die gerade jetzt zufällig im Zimmer lag. Der Luminalpegel war mit einem Wert von vier – die Maßeinheit weiß ich nicht mehr – angegeben. Mich befiel Entsetzen. So viel ich gehört hatte, wurde Luminal auch bei Epileptikern eingesetzt, zur Anfallsverhinderung auf eben diesem Wert gehalten – aber natürlich waren Kinder mit dem entsprechenden Luminalpegel normalerweise wach.

Eine Schwester machte sich im Zimmer zu schaffen, ich befragte sie. Ihr Ausweichen war unabhängig davon, daß sie ja keine Informationen geben durfte, allzu deutlich.

»Dies ist ein therapeutischer Wert«, äußerte sie nur sich abwendend.

Ich wandte mich verzweifelt zu Christopher, berührte ihn, sprach auf ihn ein, als könnte ich ihn beschwören, endlich aufzuwachen. Er reagierte noch weniger als am Tag zuvor. Im Nebenzimmer führte Dr. Nierbach gerade eine Untersuchung durch.

»Geh zu ihm, hol ihn her«, bat ich Ulrich. »Er soll uns jetzt endlich sagen, was los ist!«

Nach einer Weile kam Dr. Nierbach zu uns. Man spürte die Überwindung, die ihn dies kostete.

»Ja«, bestätigte er uns, »der Junge müßte eigentlich wacher sein!«

Von diesem Moment an sprach er irgendwie nicht mehr zu mir und über mein Kind. Denn ich fühlte mich wie abgehoben, als sähe ich mir selber zu. Wir stellten banal-naive Fragen, die unsere Verzweiflung widerspiegelten, etwa, ob er noch aufwachen würde.
Dr. Nierbach atmete tief durch, bevor er äußerte: »Wir teilen Ihre Sorge, daß das Kind schwerstbehindert ist!«
Benommen standen wir da, unfähig, das Gehörte zu verarbeiten. Die ganze Zeit über hatte ich genau dies erwartet und innerlich ganz sicher gewußt. Doch jetzt, wo meine Ahnungen zur harten Realität wurden, versetzte mich dieses Urteil über mein Kind in einen Schock, der mich momentan nichts richtig erfassen und empfinden ließ.
Ulrich stellte die Frage, was Dr. Nierbach unter schwerstbehindert verstände.
Er zuckte hilflos die Schultern und informierte uns dann: »Eines bereitet uns große Sorge: Seine Pupillen reagieren nicht auf Licht!«
»Wollen Sie damit sagen, daß er blind ist?«, schrie ich fast.
»Bitte«, sagte Dr. Nierbach leise, »lassen Sie uns hier vor Ihrem Kind gar nichts mehr sagen!«
Hiermit zeigte er eine Form von Rücksichtnahme Christopher gegenüber und eine Wertschätzung seiner Person, die das ganze Klinikpersonal auszeichnete, und für die ich noch heute dankbar bin.
Dr. Nierbach informierte uns auf dem Gang, am kommenden Morgen solle ein EEG weiteren Aufschluß geben.

Verzweifelt und durcheinander wie nie fuhren wir nach Hause. Dort lief ich wie ein Tiger im Käfig auf und ab. Ich konnte nicht sitzen, nicht essen, ich konnte nur auf- und ablaufen. Mit einem Mal begriff ich den Ursprung des Wortes Schicksalsschlag – tatsächlich fühlte ich mich körperlich und seelisch wie geschlagen und geprügelt, hilflos und klein.

»Wie soll ich dies nur aushalten?«, fragte ich mich selbst.

»Das weiß ich auch nicht«, kapitulierte mein Vater.

Aber man hält dergleichen aus – weil niemand einem etwas abnehmen oder die Situation ändern kann. Man hält es aus – auch wenn man glaubt, den Verstand zu verlieren.

Freitags fuhren wir frühmorgens zur Kinderklinik, um bei Christophers EEG dabei zu sein. Mein Vater wartete in der Kälte des Besucherflurs.

Das EEG-Zimmer befand sich in einem anderen Stockwerk, Christopher sollte hinuntergetragen werden. Dies durfte ich tun. Die Schwester knüpfte ihn ab von allen Apparaturen und legte ihn mir in den Arm. Zum ersten Mal hielt ich mein Kind im Arm. Zehn Tage nach seiner Geburt und schwerstkrank. Ich hielt das Bündel im Arm, drückte mein Gesicht auf das seine und hätte angesichts der Ohnmacht, ihm nicht helfen zu können, am liebsten geschrien.

Vorsichtig trug ich ihn hinunter, ich war froh über die Begleitung der Schwester aus Angst, Christopher könne jetzt in meinem Arm sterben.

Wir mußten in einem Vorraum etwas warten, Dr.

Linde gesellte sich kurz zu uns. Worüber wir sprachen, weiß ich nicht mehr, ich hielt nur mein Kind und betrachtete es.
Im EEG-Raum wurde Christopher in ein richtig großes Bett gelegt. Er wirkte darin umso zerbrechlicher, hilfloser, verlorener. Ich saß neben ihm und hielt die ganze Zeit über seine Hand. Ulrich und die Schwester warteten am Fußende des Bettes. Eine Technische Assistentin fertigte das EEG an. Ich nahm erleichtert wahr, daß der Apparat Kurven und Wellen aufzeichnete. Tatsächlich hatte ich befürchtet, es würde möglicherweise lediglich eine Gerade entstehen – als Dokumentation von Christophers Hirntod. Als medizinischer Laie hatte ich damals noch keine Ahnung von der klaren Definition dieses Begriffes. Als ich die Kurven und Wellen des EEG's bemerkte, schöpfte ich wirklich noch einmal Mut – zeigten sie doch, daß sich in Christophers Hirn etwas abspielte. Am Ende der Prozedur trugen wir ihn wieder hinauf.
Auf dem Weg zu seinem Zimmer durfte mein Vater ihn einmal ganz kurz von nahem sehen, ihm schnell über sein Bäckchen streicheln. Etwa eine Stunde mußten wir auf die Auswertung des EEG's warten. Mit unserer Angst und in dieser Atmosphäre eine endlose Zeit.
Endlich trat Dr. Theissen mit gesenktem Kopf zu uns.
»Etwas mehr Gehirnaktivität, als er zeigt, ist schon da …«, begann er langsam.
»Zum Leben gehört viel mehr!«, hörte ich mich sagen.

»Je länger dieser Zustand anhält, umso geringer ist die Wahrscheinlichkeit, daß er mit Krankengymnastik vollständig reversibel* ist.«
Ich glaubte, nicht richtig gehört zu haben. Dies hier hatte mit ein bißchen Krankengymnastik nichts mehr zu tun. Christopher lag in quasi komatösem Zustand da, konnte nicht weinen wie ein Baby und nicht schlucken, natürliche Reflexe waren kaum vorhanden.
»Schonen Sie uns doch nicht mehr, wir sind doch selbst nicht blind!«, bat ich ihn tonlos.
»Gut«, begann er stockend, »das EEG zeigt vermutlich nur Aktivitäten des vegetativen Nervensystems an. Über den genaueren Zustand könnte ein Computertomogramm Aufschluß geben. Ich setze es für morgen zur Sicherheit an. Wir vermuten, daß Christophers Großhirn, der Sitz all dessen, was den Menschen ausmacht, schwerst geschädigt ist. Außerdem zeigt das EEG Krampfbereitschaft!«
Mich schauderte unter seinen Worten. Es war grauenvoll. Alles, was den Menschen zum Menschen macht, sollte bei Christopher zerstört sein.
Die Computertomographie würde am nächsten Tag Dr. Theissen's Diagnose bestätigen: Christopher litt an einer totalen Athrophie** des Großhirns!
»Und nun?«, fragte ich stockend.
Vermutlich wollte Dr. Theissen uns den in dieser Situation größten Trost geben, als er erklärte: »Ich

---

* heilbar
** Absterben der Zellen; Rückbildung des Gewebes

glaube nicht, daß Christopher in diesem Zustand lange leben wird. Sein Hirn ist dermaßen schwer geschädigt, daß auch die vegetativen Funktionen erlahmen werden. Ein Leben mit schwersten Behinderungen wird ihm erspart bleiben!«

III

Das war das Todesurteil über mein Wunschkind. Und ich, die ich mir nichts auf der Welt sehnlicher gewünscht hatte als dieses Baby – ich sollte ihm nun den Tod wünschen!
Natürlich hatte der Arzt recht. Wenn Christophers Leben schon nicht lebenswert war, war seine Erlösung ein Trost. Aber er war doch mein Kind! Mein innigst geliebtes Baby!
Die ganze Zeit über hatte ich daran gedacht, Christopher taufen zu lassen. Als Katholikin war der Gedanke, daß Neugeborene vor ihrem Tod dringend getauft werden müßten, tief in meinem Inneren verhaftet. Bisher hatte ich eine Taufe nur deshalb hinausgezögert, weil ich glaubte, damit ein Todesurteil quasi vorwegzunehmen. Noch hatte ich immer glauben wollen, Christopher irgendwann einmal in einer Kirche taufen lassen zu dürfen. Doch nun hatte ich es eilig.
»Ich möchte ihn taufen lassen«, sagte ich. Meine Stimme brach dabei. Während ich vorher mit einer Kühle gesprochen hatte, die mich selbst überraschte, begann ich nun zu schluchzen.
»Darf ich«, und die Worte kamen nur mühsam

stockend unter Tränen, »einen Pfarrer mitbringen?«
Dr. Theissen nickte stumm und wandte sich ab.
Wir fuhren nach Hause. Vor dem Aufzug traf eine Schwester, die erst jetzt ihren Dienst antrat, auf uns. Als sie mein Weinen sah, nahm sie mich in den Arm. Ich war ihr so dankbar dafür. Ulrich sagte alle beruflichen Termine an diesem Tage ab – selbstverständlich und ohne Diskussion. Auch er war getroffen wie niemals zuvor in seinem Leben.
Mein Vater stand der Situation hilflos gegenüber. Er war erschüttert und fassungslos. Am Nachmittag hatte er ohnehin wieder abreisen wollen, ich war sogar froh darüber, mir war alles und jeder zu viel.
Am dringlichsten schien mir, für Christophers Taufe zu sorgen. Schnurstracks begab ich mich in mein Zimmer, um von dort aus im Pfarramt anzurufen. Ich war zwar gläubig, aber kein Kirchgänger. So wußte ich nicht einmal, wie der Gemeindepfarrer hieß. Als er sich mit seinem Namen meldete, fragte ich zuerst, ob er Pfarrer sei.
»Dann brauche ich Sie«, brach es aus mir heraus. »Für eine Taufe«, mir versagte bereits die Stimme und mühsam kämpfte ich um jedes weitere Wort, »weil unser Baby stirbt!«
Nachdem dies heraus war, schluchzte ich nur noch ins Telefon. Pfarrer Persch stellte noch einige Fragen und versprach, gegen 15.00 Uhr zu uns zu kommen.
Erst jetzt informierte ich Ulrich. Vor Christophers Geburt war die Konfession unseres Kindes Anlaß heftigster Auseinandersetzungen gewesen. Ulrich

war gegen alles Katholische eingestellt und schimpfte mit Worten wie:
»Ich ziehe kein katholisches Kind groß!«
Es erschien mir als bittere Ironie des Schicksals, daß er dies nun auch nicht brauchte.
Keine Sekunde hätte ich jetzt noch darüber diskutiert, ob Christopher evangelisch oder katholisch getauft werden solle – ich traf die Entscheidung, und Ulrich nickte nur.

Der Pfarrer saß uns ratlos und betroffen gegenüber. Aber mir tat es gut, daß einfach jemand zuhörte, daß jemand Anteil nahm.

Gegen 17.00 Uhr trafen wir uns in der Kinderklinik in Bonn wieder. Der Pfarrer hatte eine Taufkerze mitgebracht – ich selbst hätte nicht daran gedacht. Während der kurzen Zeremonie wurden die Vorhänge von Christophers Zimmer zugezogen, eine Schwester blieb bei uns. Sie weinte. Ulrichs Kinn zitterte; er konnte die brennende Kerze in seinen Händen kaum ruhig halten.
Ich hielt mein Kind im Arm. Bekleidet nur mit einer Windel, angeschlossen an Infusionen und Apparate wurde er in meinen Armen getauft. Die Worte des Pfarrers verstand ich nicht – er brachte sie vor unterdrückten Tränen selbst kaum heraus. Ich war froh, daß er Christopher taufte, weil er menschlich Anteil nahm – und weil er ihn sicher beerdigen würde. Wenn nicht noch ein Wunder geschah. Merkwürdig, daß ich noch immer nicht aufhörte, auf ein Wunder zu hoffen.

Christopher lebte noch zwei Monate.
In den folgenden Wochen sollte ich es lernen, ihn loszulassen, bereit zu werden für seinen Tod – so fern man für den Tod des eigenen Kindes jemals bereit sein kann. Immerhin durchlief ich eine Entwicklung, die bei tiefster Verzweiflung begann und in Akzeptanz und Annahme mündete, natürlich nicht kontinuierlich, sondern unterbrochen von ständig wiederkehrenden Wellen der Auflehnung und des Schmerzes – Wellen, die mich noch heute, sechs Jahre danach, überrollen können.
Was mich allein aufrecht hielt, war mein Glaube. Ohne den Glauben an Gott, daran, daß Christophers Leben und Sterben einen Sinn haben müßte, ohne den Glauben an ein Weiterleben nach dem Tod hätte ich das Ganze nicht überstanden – vielleicht wäre ich wirklich dem Wahnsinn verfallen.

Hilfe suchte ich in der Literatur. Ich las ›Leben nach dem Tod‹ von Dr. Raymond A. Moody und ›Erinnerungen an den Tod‹ von Dr. Michael B. Sabom.
Ich las diese Bücher kritisch, wollte mir selbst nichts vormachen. Natürlich stellen sie auch keinen Beweis dafür da, daß man nach seinem Tod in einer herrlichen Umgebung mit verstorbenen lieben Verwandten weiterlebt. Ich war zu hart mit der Realität konfrontiert worden, um mich noch falschen Illusionen einfach hinzugeben. Allerdings erschien mir manches glaubhaft und nachvollziehbar – und vor allem gibt es auch keinen Gegenbeweis.
Der Pfarrer brachte meine Gedanken auf den Nen-

ner: »Wenn es wirklich kein Weiterleben nach dem Tode gibt, dann sind hier auf Erden diejenigen, die daran geglaubt haben, zumindest auch nicht schlechter dran!«
So klammerte ich mich daran, Christopher ginge es nach seinem Tode so wunderbar, wie wir es uns hier nicht vorstellen können. Ich sah mein Kind in einer Atmosphäre von Liebe und Schönheit umgeben – in vollkommenem Glück. Nur der Gedanke, meinem Kind ginge es dann gut, hielt mich aufrecht. Zum ersten Mal begriff ich, warum wir uns ›Gottes Kinder‹ nennen durften – weil die Liebe zum eigenen Kind wohl die stärkste ist. Weil sie frei von Egoismus einfach selbstlos ist – man wünscht dem eigenen Kind nur das Allerbeste. Und diese Liebe ist bedingungslos.
Ich liebte Christopher genau so wie er war – und lernte es langsam, dankbar für seine Existenz zu sein und für die Zeit, die uns gemeinsam verblieb. Eine Trennung für immer war mehr, als ich verkraften konnte – ich klammerte mich an die christliche Hoffnung auf ein Wiedersehen nach meinem Tode.
So einfach, wie sich dies hier liest, ging das Ganze natürlich nicht vonstatten. Direkt nach Christophers Diagnose konnte ich gar nicht beten. Ich hätte einfach nicht gewußt, was und worum. Zu tief saß der Schock. So weit, um ihm einen gnädigen Tod zu wünschen, war ich noch nicht. Um ein Wunder zu bitten, auf das ich ehrlich gestanden ganz unten in meiner Seele bis zum Schluß hoffte, getraute ich mich nicht.
Irgendwann löste sich jedoch der Brocken in mei-

nem Inneren, und ich schickte Beschimpfungen, einem wilden Aufschrei gleich, zum Himmel, etwa: »Du mußt ihn schon sehr lieben, wenn Du ihn Dir so früh nimmst – aber ich, verdammt noch mal, ich liebe ihn doch auch!« oder: »Lieber Gott – mache, was Du willst – das machst Du ja sowieso!«

Die Zeit kurz vor und nach Christophers Tod gehört zu der absolut trostlosesten Zeit meines Lebens. Es gab, so schien es mir, nichts mehr, was meinem Leben Freude, einen Sinn gab. Ulrich zog sich mehr und mehr zurück, tröstete seine Mutter und versuchte, seinen Beruf auszuüben. Ich stand vor dem Scherbenhaufen meiner Ehe und hatte keine Energie, Ulrich zu verlassen – denn mein Kind lag ja im Sterben.

Mit dieser Tatsache zu leben, absorbierte meine letzten Reserven. Nirgendwo konnte ich Kraft schöpfen, niemand vermochte mich zu trösten. Die Menschen in meiner Umgebung, Eltern, Freunde, Nachbarn, hatten dies ja nicht selbst erlebt, wußten ja nicht, was es heißt, sein Kind zu verlieren. Ich glaubte ihren faden Tröstungen wie ›Die Zeit heilt alle Wunden‹, nicht – was wußten sie denn? Auch konnte mich nichts ablenken – keine Unterhaltungslektüre, kein Film. Ich befand mich im Stadium absoluter Freudlosigkeit. Alles, was ich sonst genossen hatte, erschien mir nun als gerade dazu angetan, mir meinen Verlust noch dramatischer vor Augen zu führen.

Ich nahm der Sonne übel, daß sie schien, und dem Gras, daß es wuchs. Den beginnenden Frühling empfand ich als Beleidigung – mein Kind würde niemals einen Frühling erleben, sehen, wie die Sonne scheint und das Gras wächst.

Ach, es gab so vieles, was niemals sein würde!

Christopher würde mich niemals anlachen, die Ärmchen nach mir ausstrecken, sich von mir trösten lassen, niemals Eis essen und Rad fahren, Ball spielen oder zur Schule gehen. Dieses und vieles mehr würde niemals sein.

Am Tag nach seiner Taufe hielt ich ihn im Krankenhaus, auf einem Stuhl sitzend, im Arm. Als ich seinen perfekten kleinen Körper betrachtete, ihn quasi in mich aufsaugend, müssen mir wohl diese Gedanken durch den Kopf gegangen sein.

Plötzlich brach ich in haltloses Weinen aus. Zwei Schwestern versuchten, mich zu beruhigen. Wie hatte sich das Blatt gedreht – vierzehn Tage zuvor hatten gerade erst die Wehen eingesetzt. Diese Erinnerungen weckten die ersten Selbstvorwürfe, und der Zustand, in dem ich mich selbst anklagte, sollte noch lange anhalten.

Warum hatte ich nicht auf einem Kaiserschnitt bestanden, sofort von Anfang an? Warum hatte ich überhaupt diese Klinik ausgewählt und bei diesem Arzt, den ich nicht mochte, entbunden? Warum hatte ich nicht dieses getan und warum hatte ich nicht jenes gelassen! Es zerriß mich fast bei dem Gedanken, daß ich es war, die es in der Hand gehabt hatte, mein eigenes Kind zu retten.

In dem Buch ›Verwaiste Eltern‹ las ich später, nach Christophers Tod, zu meinem großen Trost nach, daß es ein unter Psychologen bekanntes Phäno-

men ist, daß Eltern, denen ein Kind stirbt, immer derartige Schuldgefühle durchleben. Dies liegt in der Natur der Dinge: Stets fühlen sich Eltern automatisch für alles, was einem Kind zustößt, verantwortlich. Es ist ein Urinstinkt, das eigene Kind zu beschützen.
Bei mir hatte er nicht funktioniert. Ich war unfähig gewesen. Ich hatte mein Kind nicht vor dem Tode gerettet.
Diese bitteren Selbstanklagen sollten mich noch lange begleiten, Gegenstand von Diskussionen mit Angehörigen sein.
Erst als ich akzeptierte, daß es Dinge gibt, auf die man einfach keinen Einfluß hat, denen gegenüber man machtlos ist, als ich innerlich erfaßte, daß mich keine Schuld an Christophers Tod traf – erst da war ich auf dem Wege der Genesung.

Zunächst aber hielt ich Christophers Tod sogar noch für die folgerichtige Konsequenz oder gar Bestrafung für unsere miserable Ehe. Hatten wir nicht sogar noch im Kreißsaal gestritten, anstatt uns mit dem Arzt zu unterhalten? Diese schrecklichen Gedanken bohrten sich wie Pfeile in mein Herz. Es war klar: Wir hatten Christopher einfach nicht verdient. Hatte Ulrich nicht noch im Kreißsaal getrunken? Hatte er nicht gerade dann über seine Termine diskutiert und über die Besuche seiner Mutter, als Professor Hochwald über den Zangenversuch nachdachte?
Zum ersten Mal in meinem Leben fühlte ich wirklichen Haß. Haß auf meine Schwiegermutter, die seit

40 Jahren einen Sohn hatte, während mein Kleiner zum Sterben verurteilt war. Haß auf diese beiden, die sich so nah waren, während ich allein und ausgeschlossen war. Haß auf Ulrich, der mir – und vor allem meinem Kind – nicht mehr beigestanden hatte. Meine Gefühle brachen einem Vulkanausbruch gleich aus mir heraus, als ich Ulrich anschrie: »Wenn ich die Wahl gehabt hätte, ob Christopher sterben sollte oder du, dann hättest du verdammt schlechte Karten gehabt!«

Doch auch dies befreite mich nicht von dem Gefühl, schuldig zu sein, schuldig, weil ich meine Ehe nicht in Ordnung gehalten hatte.

Genauso peinigend wie diese Selbstzermarterung waren die quälenden Gedanken, was Christopher bewußt erlebt hatte und was er momentan empfand. Die Vorstellung, er könnte gelitten, Schmerzen erduldet oder Ängste ausgestanden haben, war mir entsetzlich. Und was empfand er jetzt? Hierin war ich auf die Interpretation seiner wenigen Reaktionen angewiesen.

Betrat ich Christophers Zimmer, sprach ich zu ihm, streichelte ich ihn, dann stieg wirklich jedes Mal seine Pulsfrequenz, wie ich auf dem Monitor genau ablesen konnte. Trotz der Kabel und Kanülen, die ihn umgaben, durfte ich ihn von nun an bei meinen Besuchen stets im Arm halten. Ganz deutlich entspannte er sich hierbei. Seine Gesichtszüge wurden lockerer, die Muskulatur weicher, die Atemzüge gleichmäßiger. Dies war wenig, aber es genügte, um mir zu beweisen, daß mein Kind auf mich reagierte und mich brauchte.

Und umgekehrt brauchte ich mein Kind – noch. Denn ich brauchte diese Zeit mit Christopher, um ihn später loslassen zu können. Noch brauchte ich diese Aufgabe, vor die ich durch ihn gestellt war. Ich sprach zu ihm und glaubte fest, daß er den Sinn meiner Worte irgendwie begriff:

Du mußt nun, kaum abgenabelt, schon ganz alleine einen harten Kampf kämpfen;
leider kann ich Dir dieses Leiden nicht abnehmen;
ich kann nur bei Dir sein, damit Du bis zum Schluß meine Liebe spürst!
meine Gedanken sind immer bei Dir!

Tatsächlich überkam mich hierbei eine Form von Ruhe und Gelassenheit. Ich tat das, was ich im Augenblick tun konnte und tun mußte. So lebte ich im Einklang mit mir – und mit Christopher.
Da Christophers Zustand hoffnungslos war, da jeder sehen konnte, daß sein Leben praktisch keines war, legten uns die Ärzte nahe, die Antibiotikatherapie gegen seine Lungenentzündung zu beenden. Die endgültige Entscheidung sollte aber bei uns liegen.
Praktisch lag sie bei mir. Denn Ulrich hielt das ganze nicht mehr aus, lamentierte, er könne nicht mehr, das Leben müsse ja weitergehen, dann sollten sie die Medikamente eben absetzen und Christopher sterben lassen.
Ich aber quälte mich. Christopher sollte sterben dürfen, wenn es nicht anders ging. Aber nicht, wenn es vielleicht doch noch einen Funken Hoff-

nung gab. Keine Hoffnung auf Gesundung, nein, aber auf ein Leben, das für ihn lebenswert war. Kriterium schien mir hier zu sein, was Christopher wirklich empfand, was sich für ihn als Möglichkeit noch bieten konnte. So beobachtete ich ihn genauestens.

Der Begriff Koma als Beschreibung seines Zustandes ist irreführend. Christophers Erlebnisfähigkeit war auf ein Minimum reduziert, aber auch er hatte wache und weniger wache Momente. Mit seinen Möglichkeiten reagierte er schon. Immer öfter öffnete er die Augen. Wunderschöne, ganz liebe, mittlerweile braune Kinderaugen. Augen, die nicht auf Licht reagierten. Ob er hören konnte? Immer sprach ich zu ihm, leise flüsternd, meinen Mund an seinem Ohr.

Es war nicht zu übersehen, daß die meisten Reaktionen, die er zeigte, demonstrierten, wie unangenehm ihm alles war. Badete man ihn, riß er seine Augen erschrocken auf, als wolle er sagen: »Was macht ihr mit mir?« Wickeln, anziehen, alles belästigte ihn, schmerzte seinen kleinen Körper womöglich, dessen Gelenke immer mehr versteiften, weil er ja nicht strampelte. Er begann aufgrund seiner Bewegungslosigkeit wund zu werden – zunächst in den Achselhöhlen, die ich mit ölgetränkten Tupfern vorsichtig pflegte. Dabei rollten ihm stumme Tränen übers Gesicht. Zog man seine Elektroden ab, zappelte er hilflos. Am schlimmsten war das Absaugen des Speichels. Da Christophers Schluckreflex nicht vorhanden war, sammelte sich sein Speichel und führte zu Erstickungsanfällen. Al-

so wurde er abgesaugt – mit einem strohhalm-ähnlichen, biegsamen Plastikröhrchen durch Mund und Nase. So lange, bis er rot anlief, seine Augen sich weiteten, die Tränen über die Bäckchen liefen. Hilflos ruderte er mit Ärmchen und Beinchen, den Mund weit aufgerissen zu einem stummen Schrei.
Dies alles mußte ich mit ansehen, mit ertragen und erleiden.
Zufrieden, entspannt schien er nur, wenn er in meinen Armen schlief. Christopher war ein schönes Kind. Ein Reklamebaby. Wenn er schlief, sah man ihm nichts von seinem Unglück an. Ich bäumte mich innerlich auf gegen diese üble Verschwendung der Natur. Wer war hier Richter über Leben und Tod?
Nach langen Gesprächen mit Dr. Linde entschied ich, daß die Antibiotika abgesetzt werden sollten.
Und Gott entschied, daß Christophers Lungenentzündung auch ohne Medikamente ausheilte. Christophers Zustand blieb stabil und grausam.
Verzweifelt suchte ich nach einem Sinn in seinem Leiden. Elisabeth Kübler-Ross spricht in ihren Büchern von sterbenden Kindern als unseren Lehrmeistern. Ja, ich lernte vieles in dieser Zeit – und mit mir sicher auch die Schwestern und Ärzte. Christopher forderte viel – um ihn mußte man sich Gedanken machen, für ihn mußte man sich oft überwinden. Er forderte, ohne zu verlangen. Erstaunlicherweise schien ihn jeder zu lieben. Jeder auf der Station ging behutsam, liebevoll, menschlich mit ihm um.
Nur bei ihm war ich zufrieden.

Zu Hause verzweifelte ich in meiner Einsamkeit. Niemand konnte mir helfen. Ulrich war unerreichbar, meine Eltern hilflos.
Ich glaube, in dieser Zeit wurde ich wirklich erwachsen. Aus dem Mädchen, das noch immer gesagt hatte ›Mutti, hilf mir‹, und ›Papa, meinst du . . .‹, wurde eine Frau, die nur noch fragte ›Was ist für mein Kind das Richtige?‹
Christopher zog um in das Nebenzimmer, erhielt ein richtiges Bett, wie ich es vorausgesehen hatte. Das Frühchen wurde entlassen. Seine Eltern holten es ab, die Mutter mit neuer Frisur und modisch gekleidet, fröhlich mit scheuem Blick auf mich.
Warum durften sie dieses Glück erleben? Warum war mein Kind sterbenskrank und nicht ihres?
Trauer kennt keinen Altruismus – ich hätte ohne Gewissensbisse mit ihnen getauscht. Christopher war so viel hübscher und rosiger als die zerknautschten Babys um uns herum – warum er? Die Schizophrenie der Situation erfüllte mich mit Bitterkeit. Vor allem gibt es keine Antwort auf dieses Warum. Elisabeth Kübler-Ross spricht davon, daß jedes Leben ende, wenn es erfüllt sei, wenn der Mensch die Aufgaben des Lebens geleistet hätte. Die Vorstellung, mein Kind habe sehr früh sein Soll erfüllt, tröstete mich wenig.
Ich war und blieb verzweifelt angesichts des hübschen, kräftigen Babys in meinen Armen, das aussah, als schliefe es. Alles, alles hätte ich gegeben und getan, Christopher zu retten. Aber ich mußte tatenlos und unfähig zu helfen zusehen, wie er litt und starb. Von jeher gewöhnt, mein Leben aktiv in

die Hand zu nehmen, wurden mir erstmalig Grenzen aufgezeigt. Und dies bei dem Menschen, der mir der liebste war. Diese Ohnmacht war entsetzlich.

Eines konnten wir tun – wir konnten gegen den Geburtshelfer Strafanzeige erstatten. Dies war das einzige, wobei mich Ulrich jemals wirklich unterstützt hatte. Ging es ihm hierbei um Christopher? Oder ging es ihm darum, sich an jemanden zu rächen, der ihm etwas angetan hatte? Ich wollte mich über meine Hilflosigkeit hinwegtäuschen und sicher auch einen Teil der Schuldgefühle kanalisieren. Im Grunde genommen war das ganze Verfahren aber sinnlos. Keine noch so harte Bestrafung würde mir je mein Kind wiederbringen. Und zudem hatte ich einen langen harten Kampf vor mir, der mich in den nächsten Jahren nicht zur Ruhe kommen lassen sollte. Bei diesem Kampf kam ich mir vor wie beim Schattenboxen: Man weiß, daß man recht hat, aber die zuständigen Stellen wollen es nicht begreifen.

Unser Anwalt erstattete für uns Strafanzeige und beantragte gleichzeitig ein Gutachten bei der Ärztekammer. Der zuständige Oberstaatsanwalt bat mit folgender Begründung um Rücknahme der Strafanzeige: Professor Hochwalds Verhalten sei strafrechtlich nicht relevant. Christopher sei erst mit seiner Geburt im juristischen Sinne ein Individuum. Werden Kinder vor der Geburt geschädigt, so liegt kein Straftatbestand vor.

Wir fanden heraus, daß Kinder bereits mit Geburtsbeginn zur Person im juristischen Sinne werden.

Geburtsbeginn ist das Einsetzen der Wehen. Christopher war nach dem Einsetzen der Wehen geschädigt worden.
Dies müsse dem Staatsanwalt durch ein Gutachten bewiesen werden, meinte unser Anwalt.
Die Ärztekammer hatte mittlerweile vom ausgesetzten Strafverfahren gehört und wollte daraufhin kein Gutachten mehr erstellen.
Der Kampf schien aussichtslos. Unser Anwalt erreichte schließlich doch, daß der Staatsanwalt selbst ein Gutachten beantragte. Er ermittelte jetzt gegen Professor Hochwald wegen des Verdachts der fahrlässigen Tötung beziehungsweise der vorsätzlichen oder fahrlässigen Körperverletzung. Der Gutachter wurde erst tätig, als Christopher lange verstorben, mein zweites Kind bereits zweieinhalb Jahre alt und ich längst geschieden war.
Ich hatte durch gezieltes Befragen von Gynäkologen eine Liste von insgesamt neun Fehlern, die Professor Hochwald meiner Einschätzung nach während Christophers Geburt unterlaufen waren, zusammengestellt. Daß der Gutachter wenigstens einen davon anerkennen würde, da war ich mir ganz sicher. Und dies würde für eine Anklage und Verurteilung genügen müssen.
Mein Anwalt erreichte sogar, daß ich mich mit dem Gutachter in dessen Haus in Köln traf. Über die meisten Vorwürfe gegen Professor Hochwald war er anderer Ansicht. Ich argumentierte und versuchte verzweifelt, ihn zu überzeugen. Er war höflich, nicht zu beeindrucken, und ich verließ ihn in dem Gefühl, meinen Kampf verloren zu haben. Doch

ich hatte mich getäuscht. Der Gutachter kam zu folgendem Ergebnis:
»Ohne jeden Zweifel wäre die schwere Hirnschädigung des Knaben Max Christopher Hahn bei richtiger prä- und perinataler Diagnostik vermeidbar gewesen ... Der Fehler lag in dem verspäteten Entschluß zur sekundären Sectio caesarea ... Dies war ursächlich für den späteren Tod des Kindes ...«
Nun hatte ich das ersehnte Gutachten. Doch zunächst geschah wieder nichts. Erst auf weiteres Drängen meines Anwaltes hin kam es endlich zur Anklageerhebung durch den Staatsanwalt. Aufgrund des nachgewiesenen Behandlungsfehlers wurde Professor Hochwald im Oktober 1990 vom Schöffengericht Koblenz wegen fahrlässiger Tötung verurteilt.
Allerdings konnte die Höhe des Strafmaßes unsere Vorstellungen von Wiedergutmachung nicht befriedigen, da er lediglich eine Geldstrafe zahlen mußte.
Unsere Nebenklage war ohne Begründung abgelehnt worden, ich wurde nicht als Zeugin geladen, nicht von dem Sitzungstermin informiert. Daß ich hier nicht anwesend war, wenn schon nicht als Nebenklägerin oder Zeugin, so doch wenigstens als Zuschauerin, traf mich tief. Aber: Es war nun dokumentiert, daß Professor Hochwald für den Tod meines Kindes verantwortlich war. Und er war vorbestraft. Dies mußte mir genügen.
Noch heute bohrt es allerdings gelegentlich in mir, diesem Mann, der mein Leben derart beeinflußt

hat und den ich seither niemals wiedergesehen habe, einmal gegenüberzutreten, ihn zu fragen, ob ihn sein Handeln je belastet hat und vielleicht noch immer tut, ein einziges Mal zu hören: »Es tut mir leid.«

Wieder und wieder suchte ich verzweifelt nach dem Sinn des Leidens und Sterbens eines so kleinen Kindes – meines Kindes. Und ich war einsam wie nie zuvor in meinem Leben.
Ulrich begleitete mich nur noch selten zum Krankenhaus. Er täuschte berufliche Verpflichtungen vor. Eine der Schwestern fragte bereits, ob er sich von Christopher innerlich schon losgesagt hätte.
Zu Hause gingen wir einander aus dem Weg. Wir hatten uns nichts mehr zu sagen, nichts zu geben. Ulrichs Standardspruch war: »Ich kann dir nicht helfen, ich kann mir selbst nicht helfen!«
Allabendlich tröstete er aber seine Mutter. Wenn ich ihn von seinem Zimmer aus telefonieren hörte, vernahm ich ihr gegenüber Worte des Trostes, die mir auch sehr wohlgetan hätten. Wie sehr hätte ich dergleichen gebraucht! Ulrich konnte zusehen, wie ich verzweifelt schluchzte, und dabei aus dem Zimmer gehen.
An einem Abend, es muß spät gewesen sein, denn draußen war es stockfinster, hielt ich es in der trostlosen Einsamkeit unseres Hauses nicht mehr aus. Krachend ließ ich die Tür hinter mir ins Schloß fallen. Ulrich sah mir nicht einmal nach. Geschweige denn, daß er mich zurückgehalten hätte.
Selbstmordgefährdet war ich in dieser Zeit nie. Von

meiner Persönlichkeit her nicht und jetzt schon gar nicht, schließlich brauchte Christopher mich ja noch. Aber konnte Ulrich dies so genau wissen? War ich ihm so gleichgültig?
Ohne zu überlegen steuerte ich mein Auto nach Bonn.
Ich hielt vor der Kinderklinik. Oben, wo Christopher lag, brannten Lichter. Natürlich ging ich nicht zu ihm hinauf, obwohl man mich sicher hereingelassen hätte. Das Aufsehen meines Erscheinens zur Nachtzeit wollte ich mir ersparen. Ich wollte allein sein. Den Kopf aufs Lenkrad aufgestützt weinte ich, bis keine Tränen mehr kamen. Innerlich leer, aber ruhig, fuhr ich nach Hause.
Erneut fand ich in dem Buch ›Verwaiste Eltern‹ eine Erklärung für meine momentane Situation: Die Autorin Harriet S. Schiff schreibt darin, daß wohl jede Ehe zwangsweise in eine Krise gerät, wenn ein gemeinsames Kind stirbt. Einfach deshalb, weil man vom Partner automatisch erwartet, daß er einem in Situationen persönlicher Not hilft. Aber wer soll hier wem helfen? Schließlich sind beide in Not. Es ist ein Irrglaube, gemeinsam könne man, aufeinander gestützt, dieses Leid durchstehen. Denn jeder kämpft für sich seinen einsamen Kampf.
Ich kann dies nur bestätigen: Trauer läßt sich nicht teilen. So ist man vom anderen, der einem nichts zu geben vermag, enttäuscht, jeglicher Illusionen beraubt. Ausgerechnet jetzt, wo man ihn am dringendsten gebraucht hätte!
Tatsächlich brechen viele Ehen an dieser Prüfung. Das Tragische daran ist, daß beide dabei genau

den einzigen Partner verlieren, mit dem sie später gemeinsame Erinnerungen hätten. Schon deshalb lohnt es sich, an der Ehe festzuhalten. – Wenn sie nicht – wie bei Ulrich und mir – bereits vorher zerrüttet war.

Hinzu kam bei mir die Einstellung, daß mein Verlust größer war als Ulrichs. Dieses Kind hatte ich mir sehnlichst gewünscht, hatte alles getan, es gesund zur Welt zu bringen, bei allen persönlichen Strapazen nur sein Wohl im Auge gehabt. Ich hatte so sehr um dieses Kind gekämpft – teilweise gegen Ulrich, bis Christopher mit ihm kaum noch etwas zu tun hatte.

So litt ich um mein eigen Fleisch und Blut – nicht um ein Kind, das von uns beiden war. Ich konnte mir einfach nicht vorstellen, daß Ulrichs Kummer so groß war wie der meine.

Oft trank er, stritt, schlief danach ein. Er tat sich selbst leid – und seine Mutter tat ihm leid, weil sie ihr Enkelkind verlor. Aber seine Frau verlor ihr Kind!

Stellte ich Fotos von Christopher auf, schrie er mich an, ich solle die ›Altärchen‹ beseitigen. Bat ich ihn, mich doch einmal in den Arm zu nehmen, kam als Antwort, er habe keine Kraft. Brach ich beim Essen in Tränen aus, aß er in Seelenruhe weiter. Er saß nicht mehr mit mir zusammen, vergrub sich in seinen Beruf. In bösen, geschrienen Vorwürfen entluden wir aneinander unseren Zorn, unsere Ohnmacht, unsere Verzweiflung.

Wenn ich ursprünglich bereits während meiner Schwangerschaft den inneren Entschluß gefaßt hatte, ihn zu verlassen, tat ich dies jetzt nicht, weil ich keine Kraft dazu besaß. Meine Kraft reichte gerade noch aus, im gegenwärtigen Zustand zu verharren. Täglich bei Christopher in der Klinik zu sein und zu Hause nicht zusammenzubrechen. Es war einfacher weiterzumachen, anstatt Änderungen herbeizuführen. In dieser Situation lebte ich von einer Minute zur nächsten, dazu, auch noch Entscheidungen zu treffen, die mit Christopher direkt nichts zu tun hatten, war ich außerstande.

Im Gegenteil, nun, da Christopher starb, wo ich praktisch nichts mehr hatte auf dieser Welt, an dem mein Herz hing, wollte ich das Ende meiner Ehe lieber nicht sehen.

Geheiratet hatte ich Ulrich aus Liebe und dem Gefühl des Vertrauens heraus. Ich war mir ganz sicher gewesen, den Richtigen gewählt zu haben. Und die Ehe als Institution wie als Sakrament bedeutet mir viel. Eine Scheidung wäre mir einer Kapitulation gleichgekommen, dem Bankrott meines Lebens.

Jetzt, wo ich ohnehin kaum noch eine Lebensperspektive hatte, hätte ich dies nicht verkraftet. Ich klammerte mich an eine nur noch auf dem Papier existierende Ehe wie der Ertrinkende an den Strohhalm.

Zusätzlich erlag ich einer Art magischen Denkens, wenn ich mich schuldig fühlte. Wieder und wieder peinigte mich der Gedanke, Christophers Tod sei die folgerichtige Strafe für unsere ständigen Auseinandersetzungen. Zwanghaft glaubte ich, mit aller Gewalt diese Ehe retten zu müssen – für Christopher, damit er nicht umsonst stürbe.

Erst als Ulrich mich später auch mit unserem zweiten Kind allein ließ, faßte ich endgültig den Entschluß, mich scheiden zu lassen.
Um dem inneren Chaos, in dem ich mich befand, standzuhalten, unterwarf ich mich einer strengen äußeren Ordnung. Vormittags versuchte ich – meist vergeblich – das Allernötigste in meinem Haushalt zu erledigen. Ich hatte aufgehört, allmorgendlich in der Kinderklinik anzurufen, um von dort nur stets das Gleiche zu hören. Ich hatte aufgehört, mich der zeitintensiven Belastung des Milchabpumpens auszusetzen – wozu Muttermilch, wenn Christopher ohnehin sterben würde?
Ich hatte nichts mehr im Griff, saß stundenlang weinend herum, die Böden blieben ungeputzt und die Wäsche ungebügelt, gelegentlich kam meine Mutter, um etwas Ordnung zu machen. Hauptsächlich lebten wir aus Konserven oder von der Imbißbude. Mittags fuhr ich immer nach Bonn.
Tatsächlich freute ich mich auf mein Kind und hatte Sehnsucht nach ihm.
Rücksichtsvollerweise legte man keinen neuen kleinen Patienten zu ihm ins Zimmer. So waren Christopher und mir Stunden der Ruhe und der Gemeinsamkeit gegönnt. Stunden, die für ein ganzes Leben reichen mußten. Man hatte mir einen bequemen Liegestuhl überlassen, in dem ich saß, Christopher im Arm, meinen Gedanken nachhängend.
Mein Kind und ich verschmolzen in diesen langen Momenten zur Einheit, unsere Schicksale waren verbunden. Dieses Stück des Weges gingen wir gemeinsam. Irgendwann würde ich ihn loslassen

müssen – aber jetzt, jetzt bitte noch nicht! Noch war ich nicht soweit. Noch brauchte ich Christopher und das Gefühl, von ihm gebraucht zu werden, seine Mutter sein zu dürfen. Und ich wurde allmählich dankbar für ihn, dafür, ihn zu haben – auch wenn ich ihn verlieren sollte. Durch ihn erlebte ich den bittersten Schmerz meines Lebens, doch begriff ich langsam, daß dieses Kind mich insgesamt, auch oder gerade, weil ich es verlor, um so vieles reicher gemacht hatte. Er hatte mich zur Mutter gemacht und mich eine Liebe gelehrt, die ich vorher nie erfahren hatte. Doch wohin sollte ich nach seinem Tod mit meiner ganzen Liebe?

Nur bei Christopher fühlte ich innere Ruhe.

Ich badete und versorgte ihn selbst. Ich lernte es, ihn abzusaugen, vorsichtiger und liebevoller als die Schwestern. Ich pflegte seine wunden Stellen, zog ihm die Elektroden sanfter ab als andere, lernte es, Milch zu sondieren und zu erkennen, wann er sein Luminal brauchte.

Mehr und mehr traten spastische Lähmungen auf. Christopher verkrampfte sich zusehends, so daß er täglich Krankengymnastik brauchte. Dies war nötig, damit seine Gelenke einigermaßen locker blieben. Die Krankengymnastin kam regelmäßig vormittags. Von ihrer Persönlichkeit her war sie liebenswürdig und verständnisvoll. Sie war es, die mich dazu bewog, Christopher nicht wie bisher zweimal täglich zu besuchen, was für mich allein durch die Anfahrt von fast einer Stunde überaus belastend war. Da sie morgens bei ihm war, ihn liebevoll behandelte und mit ihm sprach wie mit einem normalen Baby, konnte ich es innerlich vor mir rechtfertigen, erst ab mittags zu kommen.

Schwer war der allabendliche Abschied. Nie wußte ich, ob ich Christopher am nächsten Tag wiedersehen würde. Immer verabschiedete ich mich, als sei es das letzte Mal. Ich ging erst, wenn ich Christopher fertig gemacht hatte für die Nacht, ihn ausgiebig liebkost hatte. Jedesmal sprach ich zu ihm – und weinte dabei. Ich betrachtete ihn lange, seine ganze kleine Gestalt in mich einsaugend. Wenn ich seine Spieluhr – das einzige Spielzeug von daheim – aufgezogen hatte, riß ich mich los.

Zu Hause wartete ich dann ruhelos darauf, daß die Zeit verging. Ich begann, abends Beruhigungsmittel einzunehmen – sie allein schenkten mir den Schlaf.

Wenn ich morgens aufwachte, wurde mir stets in derselben Sekunde bewußt, daß mein Kind sterben würde.

Etwas Entsetzlicheres konnte ich mir nicht vorstellen, und ich behaupte auch heute noch, daß es nichts Schlimmeres gibt.

Harriet S. Schiff hat das in Worte gefaßt, was ich empfand: Der Tod des eigenen Kindes ist deshalb so grausam, weil er wider die Natur ist.

Es ist, bei aller Trauer, normal, seine Eltern zu überleben. Auch von zwei Ehepartnern stirbt in der Regel einer zuerst. All diese Verluste sind schlimm.

Aber wenn ein Kind stirbt, dann begräbt man einen Teil von sich. Mit dem eigenen Kind stirbt man selbst ein Stück mit. Mit dem Kind sterben die Far-

be der eigenen Augen, der eigene Humor, die eigene Musikalität. Bitter durchfahren einen die Dinge, die niemals mehr sein werden – nicht das erste Lächeln, das erste ›Mama‹, der erste Schultag, nichts von dem, worauf man sich freute, wird sich mehr ereignen. Man hat seine Zukunft verloren! Und seinen Lebensinhalt!
Deshalb klammerte ich mich so lange noch an Christopher fest, wollte ich ihn nicht sterben lassen.

Helfen konnte mir niemand. Die weisen Sprüche derjenigen, die dies nicht erlebt und durchlitten hatten, erregten eher meinen Zorn – was wußten sie denn?
Einmal, als ich wie üblich mit Christopher im Arm in der Klinik saß, kam eine farbige Ärztin herein und lächelte: »Draußen ist heute schönes Wetter.«
Ich nickte nur. So ein Blödsinn, sie müßte doch wissen, was mit Christopher sei und daß mich der Sonnenschein nicht interessierte!
Behutsam legte sie den Arm auf meine Schulter: »Ich habe zwei Kinder begraben und meinen Mann verloren«, klärte sie mich auf. »Auch Sie werden wieder lachen!«
Sie hatte durch diese kurze Begegnung erreicht, daß ich mich schämte. Wenn andere dieses Leid durchlebt hatten und sich trotzdem wieder am Leben freuen konnten – dann mußte mir dies doch auch gelingen!
Sie war die bisher einzige, der ich glaubte, ich würde wieder lachen.

In mir war etwas ins Rollen gekommen. Ich begann langsam, Frühlingsblumen im Vorgarten zu pflanzen, einen Blumenstrauß auf den Tisch zu stellen.
»Heute ist mir noch alles egal, aber irgendwann werde ich mich wieder freuen«, redete ich mir dabei gut zu.
Natürlich gab es auch in dieser Einstellung Höhen und Tiefen. Doch irgendwann akzeptierte ich folgende Aussage von Elisabeth Kübler-Ross: »Gott mutet keinem seiner Kinder mehr zu, als es verkraften kann!«
Es war an einem Vormittag, als ich total verzweifelt zu Hause weinte. Es klingelte, und eine Frau aus der Nachbarschaft wollte für irgendetwas sammeln. Sie erschrak bei meinem Anblick, fragte, ob sie mir helfen könne, und als ich antwortete, mir könne niemand helfen, weil mein Kind stürbe, kam die Antwort: »Meine Tochter starb vor zwanzig Jahren!«
Ich bat sie herein, wir tranken einen Kaffee, und in einem langen Gespräch machte sie mir Mut. In ihr hatte ich endlich eine Vertraute gefunden, die sich von nun an stets Zeit nahm, wenn ich glaubte zusammenzubrechen. Ein Kinderspruch fiel mir ein: »Wenn du meinst, es ging nicht mehr, kommt von irgendwo ein Lichtlein her!« Sie war dieses Lichtlein für mich.

Als Christopher ungefähr vier Wochen alt war, konfrontierten uns die Ärzte mit der Möglichkeit, sein Zustand könne sich auch über Monate oder sogar

Jahre so weiter hinziehen. Wir sollten uns Gedanken machen, wie weit wir ihn angesichts dieser Perspektive therapieren lassen wollten.
»Nicht, daß Sie irgendwann der Ansicht sind, wenn sein Zustand nur etwas besser wäre, wäre er erträglich«, meinte einer der Ärzte.
So paradox das klingen mag – im ersten Moment freute ich mich. Vielleicht würde Christopher ja überleben! Ich würde alles daran setzen, das Optimale für ihn herauszuholen!
Da nicht auszuschließen war, daß er hören konnte, sollte von nun an auch dieser Sinn täglich geschult werden. Noch am selben Tag besorgte ich eine Kassette mit Kinderliedern. Ulrichs Reaktion war nur: »Ich kann nicht weiterleben, wenn das Kind nicht stirbt!« Seine Mutter kommentierte: »Wenn Christopher weiterlebt, gehen wir alle daran zugrunde!«
Im ersten Moment hätte ich ihr am liebsten ins Gesicht gesagt, daß es mich gar nichts scherte, wer alles an Christopher zugrunde ginge. Mir ging es ausschließlich um ihn. Doch dann ersparte ich mir dies mit dem sicheren Gefühl, daß weder sie noch ich irgendeinen Einfluß darauf hätten, ob und wann Christopher sterben würde.

An Christophers Krankenbett jedoch mußte ich erneut einsehen, daß sein Tod wirklich das Gnädigste wäre. Wieder befragte ich Dr. Linde nach seiner Einschätzung von Christophers Erlebnisfähigkeit.
»Daß er irgendwann einmal so etwas wie Lebensfreude spüren wird«, meinte dieser, »kann ich mir

nicht vorstellen. Ich glaube nicht, daß er zum Beispiel je am Familientisch mit essen wird oder dergleichen!«
Es war hart, aber ehrlich. Trotz dieser realistischen Äußerung versäumte Dr. Linde es nie, Christopher beim Betreten des Zimmers mit seinem Namen zu begrüßen und ihm über sein Köpfchen zu streicheln.
Wir verabredeten, daß Christopher bei einem Atemstillstand keinesfalls reanimiert werden sollte.

Ulrich begann, sich nach Heimen für derart schwerstbehinderte Kinder zu erkundigen. Den Gedanken an ein Heim verdrängte ich, ließ ihn gar nicht an mich heran. Innerlich versprach ich Christopher, ihn nie in ein Heim zu geben, ihn nach Hause zu holen, wenn wir je vor diese Alternative gestellt würden.
Ich wünschte ihm jedoch, sterben zu können. Nur flehte ich innerlich jeden Tag: Heute, heute bitte noch nicht! Noch wollte ich mein Baby im Arm halten, es streicheln und küssen, fühlen und riechen.
Ausnahmsweise durfte meine Mutter bei einem ihrer Besuche zu Christopher hinein. Wie oft hatte sie weinend auf dem Balkon vor dem Fenster von Christophers Zimmer gestanden. Nie hatte ich meine Mutter so hilflos, so verzweifelt erlebt wie in dem Augenblick, als sie sich über das Kinderbettchen beugte und Christopher über die Häarchen streichelte, sanft mit ihm flüsternd. Kaum konnte sie sich hinterher von ihm losreißen.

Natürlich fiel es mir immer schwerer, ihn innerlich loszulassen. Dr. Linde wollte mich sicher bei diesem Denkprozeß unterstützen, indem er vorschlug, Christopher dem anerkanntesten Neuropädiater des Koblenzer Raumes, Professor Vollmer, vorzustellen. Gleichzeitig wies er auf das Risiko des Transportes hin, wenn wir Christopher zu ihm brächten. Doch was hatten wir zu verlieren?
Wir verabredeten, daß Ulrich und ich uns am Untersuchungstag direkt zum Kinderneurologischen Zentrum begeben sollten. Dr. Linde würde Christopher im Krankenwagen dorthin begleiten. Ich war ihm so dankbar dafür, daß er dies selbst tat!
Am Morgen des zweiten April warteten wir am Eingang, als sich der Rettungswagen näherte. Es war eine erschütternde Vorstellung zu wissen, daß mein kleines Baby hilflos in diesem großen Gefährt lag. Dr. Linde sprang heraus, die Fahrer luden den Inkubator ab. Christopher war zusätzlich eingepackt in dicke Wolljacken. In einem kleinen Vorraum nahm der Arzt ihn aus dem Inkubator und hielt ihn in seinen Armen.
Die Untersuchung war kurz. Zu offenkundig war Christophers Krankheitsbild.
Professor Vollmer, der sicher schon einige schlimme Fälle gesehen hatte, war seine Betroffenheit anzumerken. Er kämpfte sogar selbst mit den Tränen. Was sollte er uns sagen, was wir nicht schon gewußt hatten?
Er riet zu optimaler Pflege, aber lediglich einer Basisversorgung. Christophers Sterben dürfe keines-

falls hinausgezögert werden. Wir stimmten zu in dem Gefühl, wirklich alles versucht zu haben.
Am darauffolgenden Samstag fuhr ich bereits vormittags nach Bonn. Als ich aufschaute, sah ich plötzlich meine Schwiegermutter auf dem Besucherflur. Bisher hatte sie Christopher nie sehen wollen, um sich gar nicht erst gefühlsmäßig an ihn zu binden. Ich bat die Schwester, auch sie kurz zu ihm herein zu lassen. Sie hielt ihn im Arm, zitterte, als sie ihn streichelte. »Er sieht ja ganz aus wie Du«, staunte sie.
In unserem Leid um Christopher waren wir uns in diesen wenigen Minuten nahe, alle Feindschaft schien nicht mehr zu existieren.

Aber am liebsten war ich mit Christopher allein.
»Sie und Christopher zu sehen, ist ein Bild der Harmonie«, sagte einmal einer der jüngeren Ärzte, Dr. Zeuner. »Warum gehen Sie nicht einmal mit ihm in den Park?«
Warum nicht?
Was konnte schon passieren?
Noch am selben Nachmittag half mir eine Schwester, Christopher warm zu verpacken und in einen Kinderwagen der Station so zu lagern, daß er nicht an seinem eigenen Speichel erstickte. Es war reichlich viel Aufwand für das Viertelstündchen, das uns genehmigt worden war. Doch nichts schien in dieser Kinderklinik zu aufwendig, um das Leben der kleinen Patienten angenehmer zu machen.
Es war herrliches Frühlingswetter. Ich genoß den ersten Spaziergang mit meinem Kind und fühlte

gleichzeitig den bitteren Schmerz der absurden Situation wie eine Woge über mich hinwegrollen. Täglich wiederholte ich von nun an diese Ausfahrten und dehnte sie von Mal zu Mal mehr aus. Sie wurden mir zur Kostbarkeit. Ich saß im sonnigen Krankenhauspark auf den Bänken, erlebte intensiv die Baumblüte und war zufrieden – wenn mich nicht mein Leid dann plötzlich traf wie ein Keulenschlag.

Oft beugten sich Spaziergänger über den Kinderwagen.

»Ein hübsches Baby. Schläft ganz fest. Ihr erstes Kind?«, waren sich wiederholende Bemerkungen. »Was hat es denn?«, war allerdings die Frage, die ich nicht beantworten wollte. Stets wich ich aus. Wie und wozu sollte ich diesen fremden Menschen die Sachlage erklären?

Genauso war ich ängstlich darauf bedacht, daß Christopher diesen Leuten nicht gerade einen seiner Krampfanfälle vorführte. Bei diesen Anfällen bog er seinen Kopf weit nach hinten und warf die Ärmchen um sich herum. Sein Gesichtchen verzog sich erschreckend. Jeder hätte sofort ein entsetzliches Leiden erkannt. Die Peinlichkeit einer solchen Situation wollte ich allen Beteiligten ersparen. Vor allem wollte ich Christopher vor der Neugierde Fremder schützen. Instinktiv fühlte ich fast jedesmal das Nahen eines solchen Anfalles und suchte mit ihm eine ruhige Ecke auf.

Auch blieb ich aus demselben Instinkt heraus immer gerade so lange weg, wie er es ohne Absaugen verkraftete. Oft lief er, kaum daß wir sein Zim-

mer betraten, wieder blau an und mußte schnellstens abgesaugt werden. Einer der Ärzte kam auf die Idee, mir ein tragbares Gerät für den Notfall mitzugeben. Hierbei mußte ich Christopher mittels eines Plastikröhrchens mit meinem eigenen Mund absaugen. Ich hoffte inständig, im Ernstfall nicht darauf angewiesen zu sein.
Manchmal ging es Christopher noch schlechter, sofern man bei seinem Krankheitsbild überhaupt noch von einer negativen Steigerung sprechen konnte. Dann hatte er Fieber, kein Erkältungsfieber, sondern ein hirnbedingtes. Sein geschädigtes Hirn konnte an diesen Tagen nicht einmal mehr die Körpertemperatur regeln. Sein Puls war dabei erhöht und gleichzeitig häuften sich die Krampfanfälle.
Dann fuhr ich ihn lediglich auf den Besucherflur, der mehr ein nach außen hin offener Balkon war, hinaus, hoffte, die frische Luft würde ihm gut tun. Wenn ich mir dann einen Stuhl hinauszog und mich zu ihm setzte, war ich entspannt und schaffte es, nur noch ganz für den Augenblick zu leben. Und immer betete ich darum, daß Christopher mich jetzt noch nicht alleine ließe.

Mehr und mehr häuften sich Christophers Krampfanfälle, mehr und mehr versteifte sein ganzer kleiner Körper. Sein Köpfchen hielt er zusehends weiter nach hinten, die Ärmchen steif vom Körper weg gestreckt. Selbst die Zehen waren verkrampft. Die Handflächen wurden innen wund, da er stets fest geballte, kaum zu öffnende Fäuste hatte. Zum

Schutze gaben wir ihm nun Rollen aus Mull in die Händchen. Um seiner starren Haltung entgegenzuwirken, probierten die Schwestern aus, ihn in einer Art Hängematte zu lagern. Sie bestand aus am Bettgestell festgeknoteten Mulltüchern. Ihn darin zu sehen, war herzzerreißend.
Seine Atemnot wurde größer. Deshalb stellten die Schwestern einen Luftbefeuchter an seinem Bettchen auf. Sie meinten es gut. Aber da Christopher keinen Lidreflex hatte, entzündeten sich von dieser Luftströmung seine Augen.
Beim Anblick dieses Bildes des Jammers begann ich intensiver, ihm den Tod zu wünschen.

Irgendwie hatte ich das Gefühl, Christopher würde erst dann sterben können, wenn ich es schaffte, ihn gehen zu lassen. Mich so egoistisch an ihn klammern durfte ich nicht. Ich begann mich zu fragen, was Christopher selbst wollen würde. Sicher nicht, daß ich mich an ihn hängte als Ballast, den er nicht abwerfen konnte. Sicher auch nicht, daß ich den Rest meines Lebens ausschließlich in der Trauer um ihn weitervegetierte.
Für mich – und für ihn – fällte ich die Entscheidung, auch ohne ihn nicht zu verzweifeln. Ich entschied mich dafür, auch ohne ihn das Beste aus meinem Leben zu machen. Voraussetzung hierfür war, das Positive an ihm zu sehen – und ich konnte viel Positives darin sehen, daß er so und nicht anders in mein Leben getreten war.
Plötzlich durchströmte mich so etwas wie ein unerschütterlicher Mut. Was konnte mir noch widerfah-

ren, wenn ich nicht daran zerbrach, mein eigenes Kind zu verlieren? Wovor sollte ich mich noch fürchten?
Vor allem verlor ich meine Todesangst, die jedem von uns tief innewohnt. Ein Ort, wohin Christopher mir vorausging, barg für mich keinerlei Schrecken mehr.
Ich schöpfte Kraft, als ich aufhörte, mich gegen Christophers und mein Schicksal aufzulehnen, als ich es als von Gott gegeben annahm. Die Bücher von Elisabeth Kübler-Ross taten damals sehr gut, und an irgendeiner Stelle fand ich das passende Zitat: »Wir bekommen nicht immer, was wir wollen, aber wir bekommen immer, was wir brauchen.«
Praktisch äußerte sich dieser innere Wandel darin, daß ich aufhörte, mich zu verstecken, um quälenden Fragen zu entgehen. Ich traute mich zum Einkaufen in die Stadt, fühlte mich zwar wie beim Spießrutenlauf, als Verkäuferinnen, Blumenhändlerinnen und Bankangestellte mir gratulieren wollten. Aber ich bestand die Bewährungsprobe, indem ich Auskunft gab. Ich wollte kein Mitleid, aber Herzlichkeit tat mir wohl.
Noch immer kamen Anrufe, sechs Wochen nach Christophers Geburt, von entfernteren Bekannten, die sich erkundigen wollten, ob das Baby nicht endlich da sei und warum sie bisher nichts gehört hatten.
Um dem ein Ende zu setzen, gab ich eine Geburtsanzeige in Druck. Bei einem gesunden Kind hätte ich dies auch getan. Christopher war mir genauso viel wert, also verdiente auch er, daß jedermann

von seinem Leben Kenntnis erhielt. In knappen Worten schilderte ich neben den Daten seine Situation. Ich legte ein Foto von ihm bei, damit jeder sehen konnte, was für ein hübsches, kräftiges Baby er trotz allem war. Ulrich hielt mich für verrückt. Aber schließlich lebte Christopher ja – und er hatte ein Anrecht darauf, daß jedermann dies auch erfuhr.

Die Resonanz auf diese Anzeige war durchweg positiv. Das Hesse-Zitat, das ich als Aufdruck für diese Anzeige ausgewählt hatte, spiegelte meine innere Einstellung, zu der ich mich entschlossen hatte: »Die Verzweiflung schickt uns Gott nicht, um uns zu töten, er schickt sie uns, um neues Leben in uns zu wecken.«

Christophers asphyktische* Anfälle, bei denen er unter Atemnot litt, häuften sich. Dann lief er im Gesicht dunkelblau an, rang wie ein Fisch an Land nach Luft, die Augen häufig vor Entsetzen weit aufgerissen. Sein Puls sank herunter, bis der Kontrollapparat eine Schwester alarmierte, fiel weiter bis auf ein Minimum von 20 Schlägen pro Minute, während er bereits abgesaugt wurde. Dabei verfärbte er sich hochrot, Tränen quollen ihm aus den Augen, hilflos ruderten seine Ärmchen. Langsam, unendlich langsam erholte er sich wieder; meist blieb er nach einem solchen Anfall über Stunden hinweg totenbleich. Die einzige Rettung vor diesen Erstickungsanfällen war das Absaugen, das ihn so quälte.

---

* der Erstickung nahe

Stand ich bei solchen Anfällen dabei, dachte ich jedes Mal, das sei das Ende. In der Situation selbst war ich vollkommen ruhig, eiskalt. Hinterher versagten mir stets die Beine. Es war grausam, ein so winziges Baby derart zu quälen. Ich verdammte die ganze hochtechnisierte Apparatemedizin, die ihn nach seiner schweren Hirnschädigung bisher am Leben erhalten hatte. Sicher rettet diese Medizin viele Menschenleben. Bei den Frühchen um Christopher herum konnte ich es hautnah erleben. Aber Christopher hatte diese Medizin an einem Leben erhalten, das keines war. Jedes Tierjunge wäre längst gestorben, durchfuhr es mich. Die Natur löst diese Probleme hart, aber vielleicht humaner als der Mensch.

Christopher wurde am Leben erhalten, obwohl er die natürlichsten Fähigkeiten eines Neugeborenen nicht besaß. Er konnte nicht weinen, um sich bemerkbar zu machen. Er konnte nicht schlucken, seine Nahrung mußte ihm sondiert werden. Gerade, daß er alleine atmen konnte. Und dies nur bei regelmäßigem Absaugen. Die moderne Medizin hatte ihn in diesen Zustand versetzt und war nun handlungsunfähig, ihn daraus zu befreien.

Ich weiß, daß es verrückt klingt, einerseits froh zu sein, daß Christopher noch lebte, andererseits aber die Apparatemedizin dafür verantwortlich zu machen, daß er nicht sterben konnte. Die ganze Situation, seinem eigenen Wunschkind den Tod zu wünschen, war verrückt und kaum auszuhalten. Meine inneren Zwiespälte brachten mich wirklich an den Rand des Wahnsinns.

In einem Punkt war ich dem Schicksal noch dankbar – dafür, daß er alleine atmete. Nie hätte ich den Mut aufgebracht zu entscheiden, daß und wann eine Beatmungsmaschine abgestellt werden sollte. Wenigstens dies blieb mir erspart. Irgendwie erschien es mir, als wäre es Christopher selbst gewesen, der mir diese Entscheidung ersparen wollte. Genauso hatte ich die klare, wenn auch Außenstehenden schwer begreifbar zu machende Empfindung, seinen momentanen Lebenskampf kämpfte er noch für uns.

Beides interpretierte ich als Zeichen seiner Liebe.

Christopher nahm ab. Sein rosiges, frisches Babygesicht veränderte sich. Langsam war er durch sein Leiden gezeichnet. Von seinen Zügen her wirkte er mittlerweile behindert. Ich registrierte dies ganz realistisch – und liebte ihn umso mehr. Tatsächlich kann ich heute die besondere Bindung von Eltern, vielleicht insbesondere Müttern, an ein behindertes Kind absolut nachvollziehen.

Am tiefsten traf es mich jedes Mal, wenn Christophers ganzes Gesicht sich zu einer für ihn immer typischer werdenden Mimik verzog – einer Mimik unendlicher Traurigkeit. Nicht so, wie ein Kind traurig wirkt, es war die entsetzliche Traurigkeit eines alten Menschen, die sich in seinem Babygesicht fand. Und immer dann, wenn irgend jemand irgend etwas mit ihm anstellte, ihn nicht in Ruhe ließ. Er wirkte dann wie von ganz, ganz weit fort zurückgeholt, schien zu fragen: »Was macht ihr bloß mit mir?«

Den täglichen Umgang mit Christopher auf dieser Intensivstation hätte ich vermutlich gar nicht verkraftet, wenn ich meine innere Anspannung nicht hin und wieder hätte abladen können.
So geschah es einmal, daß Ulrich und ich in seinem Zimmer im Krankenhaus in haltloses Lachen ausbrachen – in ein Lachen im Angesicht unseres totgeweihten Kindes, das abrupt verstummte und für das wir uns sofort schämten.
Auslöser war eine für Christopher zu große Shorts mit viel zu weiten Beinchen – er trug fast ausnahmslos Kleidung der Station – in der er unglaublich komisch aussah.
Die größte Hilfe aber waren mir die Gespräche mit Dr. Linde. Viele Abende, nach Dienstschluß, unterhielt er sich nach seinem letzten Rundgang durch die Klinik noch lange geduldig mit mir. Er ließ mich reden, weinen, hörte zu, während ich in seinen gütigen Augen Anteilnahme und Verständnis las.
Noch einmal kam mein Vater zu Besuch. Diesmal durfte er Christopher streicheln, als ich ihn im Kinderwagen auf den Besucherflur hinausschob.

Christopher litt und kämpfte.
Ich sah diesen Kampf mit an und fragte mich, was er mir damit noch zeigen, abverlangen, wohin er mich noch führen wolle. Ich wünschte ihm seinen Tod und flehte doch allabendlich beim Abschied: »Verlaß mich jetzt, jetzt bitte noch nicht!« Und fuhr nach Hause, häufig kaum fähig, vor Tränen die Straße zu sehen, flehend, schreiend: »Lieber Gott,

vollbringe doch noch ein Wunder an meinem Kind!«

Die großen Wunder, um die manch einer von uns in seinem Leben bittet, ereignen sich wohl selten oder nie. Ich denke, ich wurde durch Christopher offener dafür, die kleinen Wunder des täglichen Lebens wahrzunehmen. So war sein langer Lebenskampf an sich schon medizinisch schwer erklärbar. Und ich bin sicher, daß der Zeitpunkt seines Todes kein zufälliger war, sondern ein von höherer Macht sehr wohl gesteuerter.

Hätte ich Christopher sofort nach der Geburt verloren, wäre ich vermutlich durchgedreht. So paradox dies angesichts der beschriebenen Qual klingen mag: Ich brauchte diese Zeit mit Christopher. Um ihn gehen lassen zu können und für mein weiteres Leben.

Heute denke ich, daß Christopher erst in dem Augenblick starb, als ich in meinem Inneren einen ganz harten Kampf gegen den eigenen Egoismus gewonnen hatte. Denn ich mußte mir selbst eingestehen, daß ich Christophers Tod nicht ausschließlich für ihn herbeiwünschte, sondern auch für mich selbst.

Ich ertrug das Ganze kaum noch. Nachts brauchte ich Beruhigungsmittel. Im Haushalt blieb alles liegen. Nichts war zu planen, die Zukunft absolut ungewiß, ich lebte von einer Sekunde zur nächsten. Nichts, gar nichts freute mich mehr. Ich gebe zu, daß ich diesen Zustand so satt war. Ich wollte wieder leben – aber dazu mußte Christopher sterben. Als mein Vater mich einmal am Telefon fragte, wie

er mir denn helfen könne, schrie ich: »Dann fahr hin und halte ihm die Nase zu!«
Ich war am Ende meiner Kraft. Sollte dies nun über Monate und Jahre hinweg so gehen? Sollte ich täglich Stunden in diesem oder einem anderen Krankenhaus verbringen? Normalität war es, nach der ich mich verzweifelt sehnte.
Ulrich informierte sich genauer über Pflegeeinrichtungen und über Möglichkeiten der Kostenübernahme durch Krankenkassen oder Zuschüsse des Sozialamtes. Monatliche Unterbringungskosten von 4.000,– DM oder mehr hätten wir ohnehin nicht aufbringen können. »Das Sozialamt zahlt nur, wenn Sie ihn zu Hause nicht betreuen können«, klärte ihn der Sachbearbeiter auf. »Sie müßten schon sagen: ›Nehmen Sie das Kind, oder ich werfe es gegen die Wand!‹«
Abgesehen von den finanziellen Problemen hätte ich Christopher sowieso nicht in ein Heim geben können. Niemals hätte ich mich so weit von ihm abgenabelt, ihn nur noch gelegentlich an Wochenenden zu besuchen. Und täglich zu irgendeinem Heim zu fahren, um dort Stunden zu verbringen, erschien mir noch schrecklicher als ihn zu Hause zu pflegen. Ich versprach Christopher, ihn nach Hause zu holen – und war mir innerlich gleichzeitig nicht sicher, ob ich dieses Versprechen würde einlösen können. Ich wußte nicht, ob ich dies schaffe, ob meine Kräfte dafür ausreichen würden. Das, was ich als Unehrlichkeit ihm gegenüber empfand, in Kombination mit meinen eigenen inneren Zweifeln, meinem Wunsch nach der Möglichkeit ei-

nes neuen Anfangs, zerriß mich fast. Mitte April schrieb ich in Christophers Tagebuch:

14.04.1987

Christopher,
ich gebe Dich **niemals** *in ein Heim – wenn sich Dein Zustand stabilisiert, finde ich eine Möglichkeit, schaffe ich Voraussetzungen, Dich nach Hause zu holen.*

Christopher, und ich habe solche Angst, panische Angst davor, fühle mich ganz klein – die Vorstellung, Dich praktisch in komaähnlichem Zustand tagtäglich versorgen zu müssen, ganz allein, über Jahre hinweg, diese Vorstellung läßt mich erschaudern. So wäre es auch für mich eine Erlösung, wenn Du sterben könntest. Dies klingt sicher sehr hart, aber ich will ehrlich sein, mir selbst und vor allem Dir gegenüber. Ich bin keine Heldin, erst recht keine Heilige. Ich habe Angst, Angst und Entsetzen. Und ein so schlechtes Gewissen!

Ich sollte Dir Deinen Frieden ausschließlich um Deiner selbst Willen wünschen, nicht um meinetwillen. Ich darf Deinen Tod nicht wünschen, um mir Belastungen zu ersparen. Jedweder Egoismus im Zusammenhang mit Dir erschwert moralisch und emotional meine Situation nur noch mehr.

Christopher, wenn Du in einer Art behindert wärst, wie man sich behinderte Kinder laienhaft vorstellt, entwicklungsverzögert, lernbehindert, blind, taub oder wie auch sonst immer – es wäre entsetzlich genug!

Ich würde daran zerbrechen, Dich nicht so aufwachsen zu sehen, wie andere Kinder, ich als Mutter, die doch **ihrem** *Kind nur das Allerbeste wünscht. Aber ich würde alles für Dich tun, alles, Deiner Behinderung entgegenzusteuern und sie zu kompensieren, ich würde alles tun, damit Du trotzdem glücklich bist. Aber so – wo nichts Dir Freude machen kann, wo nichts zu kompensieren ist, wo Du ohne erkennbare Erlebnisfähigkeit nur so daliegst – muß ich da ein schlechtes Gewissen haben, wenn ich ehrlich sage, ich habe Angst, Angst zu versagen, weil Dein Zustand so sinnlos ist?*

Was mich tröstete war, daß die Schwestern, die Christopher täglich versorgten und ihn kannten, zugaben, sie hätten vor einer vergleichbaren Situation ebenfalls Angst. Dr. Linde beruhigte mich, dies Problem stelle sich noch nicht. Noch könne Christopher in dieser Klinik bleiben, so lange, bis wir eine Entscheidung getroffen hätten. Er schloß mit den Worten:
»Und ich hoffe immer noch, daß sich die Frage bald von selbst löst.«
Daneben belastete mich ein weiteres Gefühl sehr – es war der ganz tiefe Wunsch, ein zweites Kind zu bekommen. Der Wunsch nach einem gesunden Baby, an dem ich all die Freude haben durfte auf die ich bei Christopher verzichten mußte. Der Wunsch nach einem normalen Kind. Er war da, einer drän-

genden Sehnsucht gleich. Und da war Christopher – als Bild der Qual.
Meine Gefühle kamen mir vor wie ein Verrat an ihm. Wieder war es Dr. Linde, der mich mit mir selbst aussöhnte: »Geschwister sind doch stets etwas Wunderbares. Wäre Christopher gesund, würde er sich darüber freuen. Warum wollen Sie ihm Geschwister vorenthalten, nur weil er krank ist?«
So einfach sollte dies also sein! Und weiter erzählte er:
»Ich erlebe oft, wie sich das Leben von Eltern behinderter Kinder nur noch um dieses eine behinderte Kind dreht. Manche Eltern steigern sich da so hinein, daß sie alles ausschließlich auf dieses Kind ausrichten – ohne daß das Kind selbst etwas davon hat oder einen Vorteil daraus zieht. Meist bemerkt das Kind es nicht einmal. Das Leben dieser Menschen besteht dann ausschließlich aus Behinderung und Leid, ohne Freude und Normalität. Dies halte ich für ganz tragisch. Falls Christopher länger lebt – begehen Sie nicht den Fehler, ausschließlich für ihn da zu sein. Bekommen Sie ruhig noch ein Kind – und geben sich damit die Kraft, die Sie dann für Christopher brauchen!«
Seine Worte waren Balsam auf meine wunde Seele. Wieder stellte ich mir die Frage: »Was würde Christopher wollen?« Warum sollte er keine Geschwister haben wollen? Wäre er gesund, würde ich mir um diesen Punkt überhaupt keine Gedanken machen. Und dennoch – ich kämpfte diesen inneren Kampf mit mir. Ich wollte ein gesundes Kind für mich – weil Christopher nicht das war, was ich er-

wartet hatte, weil er mein Bedürfnis nach Mutterschaft, wie sie sich jeder normalerweise vorstellt, nicht befriedigte. Er genügte mir nicht. Meine Selbstvorwürfe zermarterten mich – und konnten meine große Sehnsucht nach einem gesunden Baby doch nicht unterdrücken.

Einmal durfte meine Mutter einen Tag mit Christopher und mir gemeinsam in seinem Krankenzimmer verbringen. Als Chrissi – diesen Kosenamen hatten ihm die Schwestern gegeben – bei ihr im Arm lag, hatte ich mehr denn je Gelegenheit, ihn in dieser entspannten Haltung zu beobachten.

Auch mit den Linien des Leidens in seinem Gesicht war er noch immer ein schönes Baby. So, wie er dalag, in seinem Gesichtchen den Schein eines großen inneren Friedens, fast verklärt, hätte er Modell stehen können für ein Engelsgesicht.

Momentan litt er sicher nicht. Deutete man seine Mimik, ging es ihm gerade jetzt sehr gut. Elisabeth Kübler-Ross schreibt hierzu:

»... daß Kinder im Koma sich meistens außerhalb ihres physischen Körpers befinden, daß sie während dieser Zeit alles hören, was andere mit ihnen sprechen, und daß sie die universelle Sprache der Liebe und Fürsorge verstehen. Sie begreifen ihre Lebenssituation ohne Angst, Schmerz oder Qual.«

Sollte dies stimmen? Wo war Christopher gerade jetzt wirklich?

Noch einmal wurde ein Computertomogramm von Christophers Hirn erstellt. Wieder, um ganz sicher zu gehen, daß die Basistherapie, die er erhielt, auch wirklich das einzig Richtige war. Wie Dr. Nier-

bach mir erklärte, müßten sich mittlerweise die abgestorbenen Hirnzellen abgebaut haben – dies würde sich dann als weiße Stellen innerhalb der Aufnahmen dokumentieren.
Während beide Großmütter zusammen draußen auf dem Besucherflur warteten, erklärten die Ärzte gemeinsam Ulrich und mir das Ergebnis. Die Aufnahmen zeigten eine Verschlechterung des Zustandes. Aber keine so dramatische, wie man es eigentlich erwartet hatte. Insofern wurden wir nur umso mehr mit der grauenvollsten aller Möglichkeiten konfrontiert: Mit der Möglichkeit, daß Christophers Zustand über weitere Wochen, Monate, Jahre anhalten könnte. Die Prognose war absolut ungewiß.
Dr. Linde äußerte sich stockend und tief verzweifelt: »Jetzt, wo seine Lungenentzündung abgeheilt ist, weiß ich auch nicht, woran er sterben kann!« Fast weinte er dabei. Dr. Theissen mußte sich erschüttert abwenden und verließ den Raum. Als Dr. Linde sich verabschiedete, strich er Christopher wie immer über sein Köpfchen, sagte: »Bis morgen, Kleiner!« Ich habe ihm nie gesagt, wieviel mir dies bedeutete.
Und dann hatte Christopher wieder einen ganz schweren Anfall von Atemnot, bei dem sein Puls absank bis auf zehn Schläge pro Minute. Während des Absaugens flehte ich innerlich wie stets, er möge jetzt, gerade jetzt noch nicht sterben. Hinterher, als er so totenbleich da lag, da bereute ich es, daß man ihn abgesaugt hatte.
Aber wir konnten ihn doch nicht ersticken lassen!
Wenige Tage vor Ostern machte ich mich auf, für

Christopher ein niedliches Lämmchen aus Stoff zu kaufen. Dabei ließ mich der Gedanke, es ihm direkt zu geben, nicht los – wer wußte, ob Christopher Ostern noch bei uns war?
Es war der bisher traurigste Kauf meines Lebens. Unterwegs sah ich nur gesunde Kinder, und jedes von ihnen führte mir vor, was Christopher für immer versagt war.
In dieser Zeit begann ich, mich ernsthaft mit der Möglichkeit einer Adoption zu beschäftigen. Die Vorstellung, nach Christophers Tod als Mutter ohne Kind umgekehrt einem Kind ohne Mutter alle Liebe zu schenken, die Christopher dann nicht mehr brauchte, empfand ich als tröstlich.
Alles, was mich irgendwie aufrecht zu erhalten vermochte, saugte ich wie ein trockener Schwamm in mich auf. Permanent an der Grenze des Zusammenbruchs, auf der Gratwanderung zwischen Gerade-noch-Durchhalten und Abstürzen, klammerte ich mich an die Anteilnahme des Klinikpersonals ebenso wie an meine Tagträume von einer Zukunft mit einem gesunden Kind **und** Christopher. Vielleicht hätte ich diesen Zustand überhaupt nicht ausgehalten, wenn ich mich nicht während meiner Studienjahre einmal mit Sterbeforschung und Grenzfällen der Medizin beschäftigt hätte. Vielleicht war dieses damals äußerlich durch nichts zu begründende Interesse eine notwendige Vorbereitung auf das, was ich jetzt aushalten mußte?
Und dann lag Chrissi wieder auf meinem Bauch. Sein ewig gleiches, mir mittlerweile ach so vertrautes röchelndes Atemgeräusch drang an mein Ohr.

Seine Krämpfe bogen sein Köpfchen in den Nakken. Die weit aufgerissenen, sanften braunen Augen baten mich: »Sei bei mir!«
Als ich am Ostersonntag erwachte, fühlte ich mich schwer krank. Meine Glieder waren bleischwer, wie bei einem Muskelkater. Ich war so erschöpft, daß ich bis in den späten Vormittag hinein willenlos im Bett lag, ohne die Kraft aufzubringen, aufzustehen. In Christophers Tagebuch schrieb ich:

19.04.1987

Christopher,

wie haben wir uns auf ein Ostern mit Dir gefreut!

Draußen blüht alles, scheint die Sonne, die Luft riecht wunderbar nach Frühling. Mir ist, als nähme ich all dies zum ersten Mal wahr.

Es ist Ostern, und Dir kann man mit nichts eine Freude machen!
Deine Omi war gestern den ganzen Nachmittag bei Dir, durfte mit in Dein Zimmer, Dich im Arm halten. Auf ganz besondere Weise hast Du Dich in die Herzen aller geschlichen, und wie weinte Deine Omi gestern um Dich.

Für mich sind solche Nachmittage schwer zu verkraften.

Wie gut tun mir dagegen unser beider friedliche Stunden!

Doch lehne ich mich momentan wieder einmal gegen das Schicksal auf, denke nur immer wieder, was wäre, wenn Du gesund wärst!

Ich kann Dich nicht mehr leiden sehen, verkrampft und verkrümmt, fiebernd, blauwerdend und nach Atem ringend –

ich will Deine Erlösung!

Und wieder einmal verzweifele ich gleichzeitig daran, Dich nicht gesund machen zu können, Dich **niemals** *glücklich zu sehen, Dein Wachsen zu erleben, mit Dir zu leben, Dich für immer zu haben. Die Blütenpracht in den Gärten – Du kannst sie nicht sehen, das Vogelgezwitscher – Du kannst es nicht hören. Was hat man Dir und uns genommen!*

Die Möglichkeit, Dich gesund haben zu dürfen, erscheint mir in der gegenwärtigen Situation als das großartigste überhaupt, als unfaßbar und unvorstellbar großartig.

Ostern ist das Fest der Auferstehung – und also auch ein Fest der Freude. Ich will meinen Glauben nicht verlieren und Hoffnung haben – wenn ich Dich schon nicht gesund haben darf, zumindest die Hoffnung auf Deine baldige Erlösung.

Wenn ich es mit kindlich einfachen Worten aus drücken darf, dann sage ich: Stirb, damit auch Du auferstehen kannst, damit Du im Himmel glücklich sein kannst, ja, werde im Himmel glücklich, glücklicher als ich Dich je hätte machen können, werde Du im Himmel glücklich, damit ich hier auf Erden überhaupt wieder leben kann.

Sei bald erlöst – auch wenn ich nicht weiß, woher ich die Kraft nehmen soll, Dich zu beerdigen.

Christopher bekam nachmittags sein Lämmchen. Er konnte es nicht sehen, nicht nach Babyart an ihm herumnuckeln. Wir legten es ihm in den Arm. Ob er es fühlen konnte? Abends schrieb ich ins Tagebuch:

Du liegst im Krankenhausbettchen, hast Dein Lämmchen im Arm. Und ich habe solche Sehnsucht nach Dir. Ich glaube, ich kann niemals mehr fröhlich sein.

Dieses Lämmchen habe ich noch heute. Es ist eines der wenigen Dinge, die Leonard, mein zweites Kind, nie zum Spielen bekam, so sehr er auch danach quengelte. Ab und zu schnuppere ich an ihm. Doch der Duft von Christopher, der ihm so lange angehaftet hatte, hat sich verflüchtigt.
So als hätte das Schicksal sich extra noch eine besondere Zusatzqual für mich ausgedacht, quasi um mich noch mehr zu peinigen und das Messer in meiner Brust weiter zu drehen, bekamen die Frau-

en im Verwandten- und Bekanntenkreis ausgerechnet jetzt alle Babys. Die Tochter des Freundes meiner Mutter wurde vier Wochen nach mir von einem gesunden Mädchen entbunden, seine Schwiegertochter erwartete ihr Kind im Mai, das Baby meines Cousins und seiner Frau wurde jetzt um Ostern herum jede Minute erwartet, und eine ehemalige Kommilitonin sollte ihr Kind im August zur Welt bringen.

Alle diese Kinder würden Christophers Jahrgang sein. An ihrem ersten Schultag, am Tage ihrer Kinderkommunion oder ihres Abiturs, selbst noch an ihrem Hochzeitstag würde ich schmerzlich an Christopher denken. Am Ostermontag hatte Christopher seinen bisher schwersten Erstickungsanfall. Ich hatte ihn in Ulrichs Arm gelegt und bin kurz aus dem Zimmer gegangen. Ulrich muß eingenickt sein. Als ich zurückkam, war Christopher dunkelblau angelaufen und schnappte nach Luft wie ein Fisch – mit vor Schrecken weit aufgerissenen Augen. Ich schrie um Hilfe, riß Ulrich instinktiv das sich quälende Baby aus dem Arm und begann, es abzusaugen. Eine Schwester im Nebenzimmer legte sofort das Frühchen, mit dem sie gerade beschäftigt war, in den Inkubator zurück und rannte hinzu. Ihr schrilles ›Schnell!‹, als sie mir beim Absaugen assistierte, machte mir blitzartig klar, daß Christophers Leben jetzt an Bruchteilen von Sekunden hing. Bei einem Minimum von acht Schlägen pro Minute begann sein Pulsschlag wieder anzusteigen. Dann lag er da, wie immer nach einem solchen Anfall, leichenblaß, die Äugelchen gerötet.

Und hinterher hat es uns unendlich leid getan, ihn durchs Absaugen am Sterben gehindert zu haben. Diesen Kampf hatten wir Christopher umsonst kämpfen lassen. Warum hielten wir alle ihn immer und immer wieder zurück?
Unbedingt mußte ich bei nächster Gelegenheit mit Dr. Linde über diesen Punkt sprechen.
Vermutlich war dieser schwere Anfall am Ostermontag ein Meilenstein auf meinem Weg, für den Tod von Christopher bereit zu werden. Sofern man für den Tod des eigenen Kindes jemals bereit sein kann. Innerlich wuchs in den darauffolgenden Tagen mein Gefühl, Christopher spüre meinen inneren Wandlungsprozeß. Ich glaubte tatsächlich, daß er friedlicher sterben könnte, wenn er wüßte, daß ich ihn gehen ließe und auch ohne ihn nicht für den Rest meines Lebens verzweifelte. Auch wenn dies nicht mittelbar oder gar nachvollziehbar ist – ich glaubte fest an eine höhere Kommunikationsebene zwischen Christopher und mir, an eine Art seelischer Verständigung.

Immer hatte ich betont, ich wollte nach Möglichkeit gerufen werden, wenn das Klinikpersonal meinte, Christopher würde sterben. Natürlich versprach man mir dies auch für den Fall, daß Christophers Tod sich langsam ankündigte.
»Aber riskieren Sie dann bitte auf dem Weg hierher nicht ihr eigenes Leben«, warnte Dr. Linde. »Liebe Menschen werden bei ihm sein, falls Sie selbst es nicht schaffen«, tröstete er und konnte dabei selbst nicht die Tränen zurückhalten.

Ich war innerlich dankbar, daß jeder auf der Station Christopher gern hatte.
Christopher nahm rapide ab, verfiel zusehends. Auch dies interpretierten die Ärzte nicht als Zeichen eines bevorstehenden Todes. Sie erklärten mir, manchmal sei es schwer, Hirngeschädigte kalorienmäßig zu versorgen – das Hirn steuere eben auch die Nahrungsverwertung falsch. Infolgedessen erhielt Christopher nun eine angereicherte Nahrung – nicht mit dem Ziel, ihn zu kräftigen, sondern vielmehr, weil man ja Hungergefühle nicht ausschließen konnte. Unnötigen Qualen wie Hunger oder Durst wollte man ihn weiß Gott nicht aussetzen.
Trotz der Stabilität von Christophers Zustand hatte ich nach Ostern die sichere Intuition, er würde bald erlöst. Ich betete nur noch darum, daß er einen sanften Tod sterben möge, ohne sich zu quälen.
Dieser Zustand der Akzeptanz des Unvermeidlichen hielt nicht kontinuierlich an. Er wurde von Wellen der Auflehnung und des Schmerzes unterbrochen, Wellen der Verzweiflung, in denen ich weinte, weinte, weinte und Christopher niemals hergeben wollte und konnte.
Je besser das Wetter wurde, umso mehr spielten Mütter mit ihren Kindern auf dem Krankenhausgelände. Kinder, die fast alle irgendwann gesund entlassen würden. Einmal sah ich eine junge Frau, die ihren ungefähr vierjährigen Jungen an der Hand führte. So ähnlich hätte Christopher in diesem Alter aussehen können – mit leicht gelockten blonden Haaren, fröhlich neben mir herspringend.
Die Diskrepanz zwischen dem, was war, und dem,

was hätte sein können, erschien mir unendlich groß. Am liebsten hätte ich Christopher gepackt und wäre mit ihm geflohen.
Um uns abzulenken, ließen Ulrich und ich unseren Garten neu anlegen. Es gab tatsächlich Leute, die hinter unserem Rücken tuschelten, so schlimm könne unser Kummer nicht sein, wenn wir uns mit dergleichen beschäftigten. Mich brachte dies in eine ungeheure Wut. Wieso maßten sich Menschen, die gar nicht wußten, wovon sie sprachen, an, uns vorzuschreiben, wie wir mit unserem Leid umzugehen hätten? Der Garten forderte meine Konzentration und lenkte mich für Augenblicke ab. Außerdem stand er symbolisch dafür, daß wir weiter **leben**, eine Zukunft haben wollten.
Wie quälte es mich, daß er nicht für Christopher neu gestaltet wurde. Es war nicht für ihn – nichts, was wir taten, war für ihn!
Niemals würde ich wissen, wie Christopher aussähe, wenn er erwachsen wäre. Nie würde ich wissen, ob er sportlich oder musisch begabt wäre. Es gab so vieles, was niemals sein würde! Ich fühlte mich alt. Alt, weil ich das Gefühl hatte, mein Leben läge hinter mir. Und ich fühlte mich müde, unsagbar müde.

Meine Ruhelosigkeit zu Hause war entsetzlich. Auf nichts konnte ich mich konzentrieren, nichts machte ich zu Ende. Es gab keine vernünftigen Mahlzeiten, in meinem Schrank befanden sich kaum noch zusammenpassende Kleidungsstücke. Ständig fühlte ich mich gehetzt und getrieben, lief ruhelos umher.

Abends dachte ich oft daran, daß ich Christopher jetzt füttern und wickeln würde für die Nacht. Meine Dosis an Beruhigungsmitteln wurde stetig höher.

Ich nahm rapide ab. Sah ich flüchtig in den Spiegel, erkannte ich mich selbst kaum noch wieder. Eine Bekannte erschrak, als sie mich zufällig einmal traf: »Aus deinem Gesicht ist alles Mädchenhafte verschwunden!« Mein Cousin, der mich nach langer Zeit wiedersah, entsetzte sich: »Du siehst so verdammt schmal aus, ganz verändert – also, wenn wir uns in der Stadt begegnet wären, wäre ich an dir vorbeigelaufen!«

Meine Kräfte gingen zur Neige. An manchen Tagen wußte ich kaum, wie ich auch nur die nächsten Stunden überstehen sollte. Apathisch lag ich dann auf meinem Bett und konnte mir nicht vorstellen, mich jemals wieder von der Stelle zu bewegen.

Zwischendurch hatte ich gelegentlich Anfälle, bei denen ich den inneren Trieb verspürte, mich meiner grenzenlosen Wut, Verzweiflung, meiner absoluten Ohnmacht durch blinde, aggressive Zerstörung zu erleichtern. Ich hätte Porzellan zerschlagen und Möbel umschmeißen können. Stets hielt ich mich selbst gerade noch zurück. Das einzige Mal, daß ich bei Ulrich eine Reaktion hervorlockte, war, als er um seine Vitrine mit altem Meissener Porzellan fürchtete. Wutentbrannt kam er auf mich zu, bis ich ihn anbrüllte: »Keine Sorge, ich rühre deine Heiligtümer nicht an!«

Luft machte ich mir auch, indem ich schrie. Ich schrie Ulrich an und knallte ihm meine Vorwürfe um die Ohren. Ich schrie meinen Vater an, wenn er mir bei seinen Anrufen vor allem erzählte, wie sehr Carola, seine zweite Frau, Anteil nahm. Manches mag gerechtfertigt gewesen sein, manches nicht – ich hatte mich nicht mehr unter Kontrolle.

Die beiden Menschen, die mir in dieser Situation den größten Halt gaben, waren meine Mutter, und, ohne es zu wissen, Dr. Linde. Einmal sprang ich von einem Abendessen auf, das meine Mutter zubereitet hatte. Ich bekam keinen Bissen mehr hinunter. »Ich muß hier weg«, rief ich und hörte, während ich meine Schlüssel suchte, daß meine Mutter Ulrich verzweifelt bat, mich nicht alleine das Haus verlassen zu lassen. Ulrich reagierte nicht. Meine Mutter rannte mir nach. Gemeinsam fuhren wir, wie ich es schon einmal allein in einer Nacht getan hatte, zur Kinderklinik. Gemeinsam blickten wir hoch zu Christophers Fenster, bis wir beide ruhiger wurden. Meine Mutter spendete mir den wichtigsten Trost in dieser Zeit: Ihr Verlust war fast so groß wie der meine – sie weinte mit mir um dieses Kind!

Auch wenn man glaubt zusammenzubrechen, hält man das meiste aus, das man aushalten muß. Kraft zog ich hierbei immer wieder aus den Stunden mit Christopher – so schizophren meine Gefühle des inneren Friedens hierbei auch waren, schizophren deshalb, weil die ganze Situation es war.

Jeden Tag versuchte ich aufs Neue, ausschließlich im Hier und Jetzt zu leben. In manchen Augenblikken fühlte ich mich stark und mutig – ich würde dies durchstehen, würde überleben – und wenn al-

les erst hinter mir lag, wovor sollte ich mich dann noch fürchten?
Christopher lehrte mich Geduld und Demut – die Geduld abzuwarten, was geschah. Ich war nicht mehr Herr meines Lebens – gerade ich, die stets gerne selbst die Fäden in der Hand gehalten hatte. Und die Demut, dieses Schicksal anzunehmen. Und immer war ich dankbar, wenn ich Christopher nur im Arm hielt.
Manchmal nahmen die Schwestern Babys während ihrer Pause mit in die kleine Stationsküche. Dort hielten sie die Kleinen dann auf dem Schoß und spielten mit ihnen. Nie hatten sie bisher Christopher mitgenommen. Mir war klar, daß sie andere Babys bevorzugten, weil diese ja von ihrer Art der Zuwendung auch etwas hatten. Christopher, bei dem man annahm, er spüre ohnehin nichts, ließ man in seinem Bettchen. Umso mehr freute es mich, als ich ihn einmal beim Kommen auf dem Schoß einer jungen Schwester sah. Sie sprach mit ihm und machte gymnastische Übungen. Christophers Reaktion bestand aus einem weiten Aufreißen der Augen und des Mundes – und er wirkte froh dabei.
Eine Welle der Freude durchströmte mich bei diesem Anblick. Der Freude und der tiefen Verbundenheit mit meinem Kind.
Die letzte aller Fragen, das Euthanasieproblem, schwebte ungestellt im Raum. Was konnten wir alle, Eltern und Klinikpersonal, tun, um Christopher nicht andauernd am Sterben zu hindern? Natürlich dachte niemand je an eine aktive Form von Sterbe-

hilfe etwa durch eine Spritze oder ähnliches. Dies entbehrte jeglicher moralischen und rechtlichen Grundlage. Nur wollten wir Christopher endlich sterben lassen, wenn er es aus eigener Kraft konnte.

Mir war übel bei diesen Diskussionen. Euthanasiegespräche wünsche ich niemandem. Manchmal wird man sie vielleicht für Eltern oder den Partner führen müssen – aber für das eigene Kind? Für ein Kind, das man sich sehnlichst wünschte? Und gleichgültig, was wir entschieden oder nicht entschieden – es konnte nie richtig sein. Immer würden wir uns schuldig fühlen.

War es überhaupt richtig, ihn sterben zu lassen? Sollte man ihn nicht mit allen Mitteln am Leben erhalten? Die alten Zweifel peinigten mich wieder und wieder. Wäre Christopher nur in einer Form behindert, wie ich mir behinderte Kinder bis dato vorgestellte hatte – dann könnte ich ja alles tun, sein Leben lebenswert zu gestalten. Ein Blinder kann hören, wie der Vogel zwitschert, ein Tauber kann die Blumen sehen. Christopher konnte vermutlich nicht einmal riechen, vielleicht fühlen, schmecken schon deshalb nicht, weil er sich an allem verschluckte. Er würde niemals Eis essen. Nicht einmal ein Eis!

Christopher lag im Koma – was immer dieser Begriff genau bezeichnete. Er hatte kaum eine Sinneswahrnehmung, doch Schmerzen und Unangenehmes fühlte er sicher. Und er reagierte, soweit er es konnte, auf mich und alles, was ich tat, sein Befinden zu erleichtern. Das war alles. Aber trotz allem

handelte es sich hier um Leben, menschliches Leben.
»Man würde ja auch keinen Baum deshalb fällen, weil er nicht hört und sieht. Selbst Bäume läßt man leben«, diskutierte ich mit Dr. Linde.
»Ja, aber eben nur als Baum!«, konterte er.
Die Gedanken durchwirbelten mein Hirn. Ich hatte den **Eindruck**, Christopher wäre fähig, meine Zuwendung zu genießen. Innerlich war ich mir sogar instinktiv dessen absolut sicher – aber nachweisbar war dies nicht. Die einzigen eindeutigen Reaktionen, die mein Baby zeigte, waren Ausdruck seines Leidens. An- und Ausziehen tat ihm weh, weil seine Gelenke trotz Krankengymnastik täglich mehr versteiften. Auch eine Sonde zu legen war ihm unangenehm, vom ständigen Absaugen ganz zu schweigen. Als ihm hierbei wieder einmal, obwohl ich es ganz vorsichtig machte, stumme vorwurfsvolle Tränen über seine Bäckchen rannen, begann ich haltlos zu schluchzen. Ich konnte dieses Elend nicht mehr mit ansehen! Dr. Nierbach kam hinzu, um mich zu trösten. Aber er war ebenso verzweifelt zornig wie ich.
Von einem Fuß auf den anderen tretend, händeringend, machte er dann die Äußerung: ». . . wenn man doch nur diese verdammte Piepsmaschine abstellen würde . . .!«
Es war ein Hinweis, bei dem er mir nicht in die Augen zu sehen vermochte. Nach einer Weile fuhr er, um mir meine Entscheidung zu erleichtern, behutsam fort: »Der Monitor steht ohnehin im Widerspruch zur reinen Basispflege, für die wir uns ja

entschieden haben. Ein solcher Apparat dient der Intensivmedizin. Mit Basispflege ist er unvereinbar!«
Der Gedanke war klar. Würden wir den Apparat abstellen, könnte dieser nicht mehr bei einem Abfall von Christophers Atemfrequenz alarmieren. Er würde also nicht mehr abgesaugt und somit am Sterben gehindert. Wir würden ihm das Absaugen ersparen, das ihn so quälte und das doch so sinnlos war. Wir würden ihn ersticken lassen!
In der darauffolgenden Nacht fand ich keinen Schlaf. Ich quälte mich mit der Vorstellung, Christopher würde seine Atemnot bewußt erleben und erleiden.
Dr. Linde meinte am darauffolgenden Tag hierzu: »Immer, wenn wir ihn absaugen, hat er, falls er überhaupt etwas spürt, was ich nicht glaube, das Schlimmste schon hinter sich. Immer ist er bereits blau angelaufen, wenn wir ihn finden, ist sein Puls bereits stark abgesunken. Wäre er ein normales, waches Kind, dann wäre er in diesem Stadium bewußtlos!«
Ganz klar war auch er nach diesem Denkanstoß für das Abstellen der Apparate. Und er hatte ja Recht – immer, wenn man damit begann, Christopher abzusaugen, wäre er ja normalerweise bereits ohne Bewußtsein – wenn er es nicht ohnehin praktisch schon wäre. Das Quälende der Situation läge dann hinter ihm. Ich gönnte Christopher seine Erlösung. Vielleicht wäre das Abstellen des Überwachungsapparates auch eine Lösung.
Aber ich hatte hierbei eine ganz große Angst – es war die Angst, Christopher könne es schlecht ge-

hen, ohne daß jemand dies bemerkte. Angst, er erleide Erstickungsnot. Angst, niemand käme, ihm zu helfen, wenn er es nötig hätte.
Angst vor allem darum, daß niemand bei ihm wäre, wenn er stürbe! Vor allem davor! Er sollte doch niemals und gerade dann nicht allein sein!
Auf der anderen Seite war er so oft dem Tode nahe gewesen – vermutlich waren alle Rückholmanöver quälender als das Sterbenlassen es gewesen wäre. Nur würde ohne Monitor niemand bei ihm sein, wenn er stürbe. Irgendjemand würde ihn dann tot in seinem Bettchen finden.
An diesem Abend nahm ich eine hohe Dosis meines Beruhigungsmittels. Trotzdem schlief ich kaum, dachte nur noch über die Frage des Überwachungsapparates nach. Am Morgen fühlte ich mich müde und zerschlagen und hatte noch immer keine Lösung gefunden. Auch konnte ich mich mit niemandem austauschen. Mit Ulrich nicht, weil ›... diese ganze Problematik meine Konzentrationsfähigkeit überfordert ...‹, mit meinem Vater nicht, weil er zugab, die emotionale Kraft nicht mehr zu haben, mit meiner Mutter und Schwiegermutter nicht, weil sie die ganze Angelegenheit als zu kompliziert empfanden und meinten, die Ärzte sollten entscheiden, mit dem Pfarrer nicht, weil er erst in der kommenden Woche Zeit hatte.
Ich allein mußte entscheiden! Für Christopher entscheiden! Niemals zuvor in meinem Leben habe ich eine Frage ernster genommen, ist mir eine Antwort schwerer gefallen. Für Christopher wollte ich das Beste und wußte, daß es, wie auch immer ich es

machte, nicht richtig wäre. Gleichzeitig betrachtete ich diese Entscheidung als den letzten, den wichtigsten Liebesdienst an Christopher.
Übernervös und voll innerer Unruhe drehten sich meine Gedanken ausschließlich um diese eine Problematik. Ich befand mich auf einem Gang durch die Hölle. Christopher brauchte mich mehr denn je – und ich fühlte mich so allein. Innerlich sprach ich zu meinem Kind: »Chrissi – vielleicht ist es gerade gut, daß ich als deine Mutter diese letzte Entscheidung für dich treffen muß!«
Im Garten entfalteten sich die Kirschblüten, und ich war verzweifelter denn je. Als Ironie des Schicksals lag just an diesem Tage ein Päckchen mit Erziehungsbriefen der Stadt Andernach in unserem Briefkasten. Im Ratgeberteil wurden Probleme erörtert, die aus meiner Perspektive überhaupt keine waren – und die sich mir so auch niemals stellen würden. Ich wurde wehmütig und neidisch, als ich die Tips zur Organisation von Baby und Haushalt las oder zu Schonung der Mutter. Wann hatte ich mich nach Christophers Geburt schon schonen dürfen? »Wie man die beste Entscheidung in Sachen Euthanasie für sein eigenes Kind trifft, dazu könnt ihr keine Hilfe anbieten«, dachte ich bitter.
Einen ähnlich hilflosen Zorn fühlte ich jedes Mal, wenn ich auf der Intensivstation andere Eltern beobachtete. Die meisten Frühchen wurden nicht täglich und wenn dann auch nur sehr kurz besucht. Die meist sehr jungen Eltern verließen sich auf die Bemühungen des Klinikpersonals. Ob sie nicht wußten, daß gerade diese Winzlinge Liebe und Ge-

borgenheit dringend brauchten? Doch am Ende nahmen alle diese Eltern gesunde Kinder mit nach Hause.
Ich hingegen hatte monatelang gelegen, gehütet und gebrütet, um eine Frühgeburt zu vermeiden. Meinem Baby sollte der Brutkasten erspart bleiben, es sollte Nestwärme spüren von Anfang an. Und ausgerechnet mein Kind, für das ich alles getan hatte, sollte nun sterben. Ich hatte eine unglaubliche Wut auf diese Ungerechtigkeit des Schicksals!

Nachmittags diskutierte ich die Apparatefrage noch einmal mit Dr. Linde und Dr. Theissen. Sie meinten übereinstimmend, daß man die Überwachungsgeräte entfernen sollte. Wenn man endlich aufhören würde, Christopher immer wieder abzusaugen, so sei dies wohl die einzige Möglichkeit, ihm den Frieden, den er nach Meinung aller längst verdient hatte, zu verschaffen. Dr. Theissen äußerte wörtlich: »Wenn ein Mensch, dessen Leben keines mehr ist, dessen Zustand sicher unveränderbar bleibt, aus eigener Kraft sterben kann, so darf man dies nicht mit den Mitteln der Medizin verhindern. Das darf man nicht tun!«
Weshalb ich mich jedoch trotz allem nicht zum Ausschalten der Apparate durchringen konnte, war, daß ich Christopher nicht alleingelassen wissen wollte. Ich wollte nicht, daß er alleine sterben sollte.
So schlug ich die Möglichkeit vor, die Apparate angeschaltet zu lassen, Christopher im Ernstfall aber nicht abzusaugen. Mir war klar, was ich da verlangte – aber ich tat dies für mein Kind.

Dr. Linde entgegnete auch sofort, dies sei äußerst problematisch. »Ich kann jederzeit die Anweisung geben, Patienten in Atemnot abzusaugen. Aber ich kann keiner meiner Schwestern die umgekehrte Anweisung geben, auch nicht im Einzelfall.« Er überlegte lange: »Ich werde mit den Schwestern sprechen. Wie sie sich dann verhalten, muß ich in den persönlichen Entscheidungsbereich jeder einzelnen legen!«

Hiermit war ich einverstanden. Auch ich wollte keines der vielfach sehr jungen Mädchen diesem ungeheuren Gewissenskonflikt aussetzen. Niemand sollte überfordert oder hinterher sogar noch mit persönlichen Schuldgefühlen belastet werden.

Doch ich hatte das Klinikpersonal unterschätzt. Fast jeder sprach mich persönlich an und zeigte sein Einfühlungsvermögen. Die Krankengymnastin verstand sofort: »Natürlich wollen Sie nicht, daß die Apparate abgestellt werden – dann ist er ja allein, wenn er stirbt!«

Alle Ärzte und die Mehrzahl der Schwestern glaubten sich dazu in der Lage, Christopher im Ernstfall beistehen zu können, ohne ihn am Sterben hindern zu müssen. Eine der älteren Schwestern betonte sogar: »Mir ist es ganz klar auch lieber so. Lieber wiege ich das sterbende Kind im Arm, begleite es, bin bei ihm, als es tot aufzufinden!« Die meisten anderen waren gleicher Meinung. »Wir alle sind es ihm schuldig, daß ein liebevoller Mensch in seiner letzten Minute bei ihm ist. Diese Kraft müssen wir in uns haben!« Ich war überrascht von dieser Menschlichkeit und unendlich dankbar.

Dr. Linde bat uns abschließend noch, zuzustimmen, daß im Notfall ausschließlich diejenigen Ärzte gerufen werden sollten, die Christopher kannten und bisher betreut hatten. Denjenigen, die seinen Fall nur von allgemeinen Besprechungen her kannten, würde mit dieser passiven Verhaltensweise zuviel abverlangt.
Die Entscheidung war getroffen. Alle gingen davon aus, daß Christopher nun sehr bald an einem seiner asphyktischen Anfälle sterben würde. Tatsächlich sollte er auch zehn Tage später erlöst werden – aber nicht durch den Erstickungstod. Heute bin ich dankbar dafür, daß er völlig natürlich starb. Denn vermutlich hätte ich mich sonst für den Rest meines Lebens doch nicht ganz von Selbstanklagen und Zweifeln freimachen können.
Bis zu seinem Tode sollte ich mich noch mit einer ganz anderen Frage auseinandersetzen: Der Frage, ob Christopher nach Hause geholt oder in ein Heim eingewiesen würde.
Zunächst erlebte ich die Stunden, die ich bei Christopher verbrachte, umso bewußter, da ich mehr denn je davon ausging, sie seien gezählt. Die abendlichen Abschiede waren grausam. Immer mußte ich damit rechnen, mein Kind das letzte Mal lebend zu sehen. Ich versorgte es für die Nacht, hielt es unendlich lange noch im Arm, streichelte es, betrachtete es, sog seinen Duft in mich ein. So wollte ich Christopher in Erinnerung behalten. Lieb und wohlduftend mit seinem Engelsgesicht. Ich flüsterte ihm Abschiedsworte ins Ohr – Worte der Liebe. Nie konnte ich mich losreißen. Häufig war

es einer der Ärzte, der mich zu später Stunde sanft drängte, auch an mich zu denken. Stets legte ich Christopher sein Lämmchen in den Arm und zog seine Spieluhr auf, bevor ich ihn verließ. Nie tat ich es ohne Tränen, bevor mich im Auto regelmäßig mein verzweifeltes Schluchzen schüttelte.
Wie leer würde mein Leben ohne ihn sein. Wozu würde ich leben, wenn er tot war?
Mein Großvater wollte Christopher besuchen. Ich war hin- und hergerissen. Einerseits bedeutete es ihm viel, seinen Urenkel zu sehen, und über diese Liebesbezeugung eines selbst schwerst herzkranken alten Mannes war ich froh. Andererseits begann ich aus innerer Panik davor, daß mir nur noch wenige Stunden mit Christopher gegönnt waren, mit ihnen zu geizen. Die noch verbleibenden Augenblicke wollte ich mit niemandem teilen. Vor allem brauchte ich die besinnlichen Stunden mit ihm ohne Rummel für mein inneres Gleichgewicht.
Mein Großvater kam tatsächlich. Er mutete sich diese doppelte Strapaze der Anreise und vor allem der Begegnung mit seinem sterbenskranken Urenkel zu. Auf dem Besucherflur durfte er ihn kurz in den Arm nehmen. Danach brach er zu Hause fast zusammen. Als tiefgläubiger Mensch ließ er für Christopher eine Messe lesen. Immerhin würde dies auch nicht schaden, dachte ich.
Meine Stunden mit Christopher gewannen in seinen letzten Tagen eine doppelte Qualität – zum einen durch ihre Intensität angesichts der Situation, zum anderen, weil ich mit Christopher ausgedehnte Spaziergänge weit über das Klinikgelände hinaus

unternahm. Ich hatte meine Angst verloren, Christopher unterwegs nicht absaugen zu können. Was sollte uns also noch widerfahren?
Dr. Linde machte sich allerdings Sorgen: »Ich wünsche Ihnen nicht, daß er mit Ihnen allein unterwegs stirbt!« Er unterschätzte mich. Ich war mir sicher, damit klarkommen zu können. Zu sehr genoß ich das neue Gefühl der Freiheit und Verbundenheit mit Christopher, wenn ich mich mit ihm vom Krankenhaus entfernte.
Dann kam tatsächlich der nächste schwere asphyktische Anfall, auf den wir gewartet hatten. Ulrich und ich waren beide dabei, und auch Dr. Zeuner. Christopher lief wie immer dunkelblau an, zeigte das gewohnte Bild der Schnappatmung, sein Puls fiel, fiel, fiel . . . – und langsam stieg er von alleine wieder an. Ganz langsam atmete Christopher wieder normal, verschwand das Blau aus einem Gesichtchen.
Ulrich und Dr. Zeuner hatten vom Fußende des Bettchens aus zugesehen. Ich hatte Christophers Hand gehalten und ihm übers Gesicht gestreichelt. Merkwürdigerweise war ich die ganze Zeit über absolut ruhig. »Christopher wird **jetzt** sterben«, hatte ich mir gesagt – und den Inhalt der Worte sowie die Bedeutung dieses Kampfes nicht erfaßt, nicht an mich herangelassen. Es war wieder einmal, als sähe ich mir selbst zu, als beträfe mich dies nicht. Das ganze konnte Sekunden gedauert haben oder Stunden, bis Dr. Zeuner sich mit einem stummen Kopfnicken verabschiedete.
Da raste mein Herz, da zitterten meine Knie.

Wir hatten die Bewährungsprobe bestanden. **Wir** drei konnten Christopher sterben lassen. Aber was nützte dies – Christopher starb nicht an den Anfällen.
Dr. Nierbach erklärte dies folgendermaßen: »Wenn man dem Hirn Sauerstoff entzieht, dann reagiert irgendwann das Atemzentrum mit einem eindeutigen Signal. Deshalb beginnt Christopher Sekunden, bevor er sterben würde, massiv wieder richtig zu atmen!«
Innerlich war mir dieses Erlebnis Bestätigung dafür, daß wir alle nicht Richter sind über Leben und Tod.
Christopher würde an seinen asphyktischen Anfällen nicht sterben.
Ich war alles leid – die quälenden Fragen, Sorgen, Euthanasiediskussionen. Vor allem konnte ich mir den Kopf zerbrechen so viel ich auch wollte – auf nichts hatte ich irgendeinen Einfluß, nichts vermochte ich zu bewegen. Ohnmächtig mußte ich im gegenwärtigen Zustand verharren, hatte mein Leben nicht mehr unter Kontrolle, alles wurde mir auferlegt. Es gab keine Perspektive, kein Morgen. Ich war es leid, täglich zum Krankenhaus zu fahren, meine Zeit auf einer Kinderintensivstation zu verbringen.
Ich würde Christopher nach Hause holen!
Damit wollte ich nicht nur ihm einen Dienst erweisen, sondern auch mir selber. Normalität, täglicher Alltag sollten wieder mein Leben bestimmen, soweit dies irgend möglich war. Und ich wollte wieder Herr meiner Entscheidungen sein.

Rein praktisch mußte dieses Unternehmen sehr gut vorbereitet sein. Aus Christophers Kinderzimmer hatten wir ein intensivmedizinisches Krankenzimmer zu machen. Wir brauchten einen Monitor – das war das wichtigste. Sonst würde ich mich kaum eine Minute aus dem Zimmer trauen, geschweige denn einigermaßen ruhig schlafen. Ich würde lernen, Spritzen zu setzen und eine Magensonde zu legen. Alles andere wie Milch sondieren und Medikamente oral geben konnte ich bereits. Wir würden uns um einen engagierten Kinderarzt in der Nähe bemühen, der regelmäßige Hausbesuche machen müßte. Außerdem käme ich nicht ohne medizinisch vorgebildete Hilfe aus, die mich zumindest stundenweise entlasten müßte. Es wäre eine Sache der Verhandlung mit unserer privaten Krankenkasse, ob diese die Kosten übernähme. Immerhin wären sie im Vergleich zu einem längeren Krankenhausaufenthalt ungleich geringer.
Diese Gedanken spielten sich damals in meinem Kopf nicht so klar ab, wie sich das hier liest. Im Gegenteil – ich erschauderte innerlich vor den vorher nicht einzuschätzenden Belastungen. Wie lange würden wir zurecht kommen? So lange, wie Christopher ein Baby oder Kleinkind war? Noch konnte ich ihn heben und tragen – was würde später werden? Wieviel Hilfspersonal würde ich brauchen? Würden wir irgendwann in ein behindertengerechtes Haus umziehen müssen?
Dachte ich an diese ganzen Kosten und daran, daß Christopher zeitlebens ein Pflegefall bleiben würde, der niemals auch nur annähernd seinen Lebensun-

terhalt verdienen würde, dann wurde es umso selbstverständlicher, den Geburtshelfer zur Verantwortung zu ziehen.
Viele Eltern geburtsgeschädigter Kinder kämpfen jahre-, oft jahrzehntelang. Aus ihrem schwerstbehinderten Kind macht dabei kein Mensch mehr ein gesundes. Aber zumindest materiell müssen diese Kinder abgesichert werden – um ihr Leben und das ihrer Eltern einigermaßen erträglich zu machen. Dabei trifft dies den Arzt nicht einmal – es zahlt ja seine Haftpflichtversicherung. Allein schon aus diesem Grunde sind die sich endlos hinziehenden Gutachterprozesse ein unhaltbarer Zustand.
Auch wenn ich innerlich fühlte, daß Christopher bald sterben würde, versuchte ich, meinen Entschluß in die Tat umzusetzen. Ulrich sträubte sich. Er verkrafte dies nicht. Er äußerte allen Ernstes, notfalls auszuziehen, um selbst zu überleben. Er würde ein Appartement bewohnen, uns besuchen und wäre natürlich immer im Notfall da.
Mir wurde ganz anders, als ich dies hörte.
Praktisch würde dies bedeuten, daß ich allein für Christopher zuständig wäre, tagaus, tagein. Mein Leben würde **ausschließlich** aus der Pflege dieses behinderten Kindes bestehen, ohne Ablenkung, Freude. Mit 28 Jahren wäre ich lebendig begraben. Ich fühlte mich einsam wie nie.

Mein Kind erschien mir mehr denn je klein, zart und verletzlich. Am ersten Mai fuhren wir ihn spazieren, nahmen ihn im Kinderwagen sogar mit hinein in ein Café. Wieder zerschnitt mir die Diskre-

panz zwischen dem, was sein könnte, und dem, was war, das Herz.
Tags darauf hielt ich Christopher im Arm, als ein entsetzt-schriller Ruf über die Sprechanlage des Krankenhauses ertönte: »Bitte Notarzt sofort in die Aufnahme!«
Dr. Theissen ließ im Nebenzimmer alles stehen und liegen und rannte los. So, genau so mußte man nach Christophers Geburt nach den Kinderärzten gerufen haben.
Nach einer langen Weile kamen Dr. Theissen, Dr. Linde und drei Schwestern mit einem kleinen Bündel Mensch herauf. Lange machten sie sich an dem Baby zu schaffen. Als sie es verließen, betrachtete ich es durch die Glasscheiben hindurch. Schlagartig erinnerte es mich an Christopher. Ein großes, kräftiges Neugeborenes, viel zu groß für den Inkubator. Angeschlossen an Maschinen, bis zur Unkenntlichkeit bedeckt mit Elektroden, Sonden, Kanülen. Die wenigen zuckenden Bewegungen, die es machte, waren denen Christophers so verdammt gleich, daß ich erkannte: Es waren Krampfanfälle.
Eine der Schwestern erzählte mir, daß die Eltern ihr Baby leblos im Bettchen gefunden hätten. Plötzlicher Kindstod. Sie hatten es zur Klinik mit dem eigenen Auto gebracht, waren hilferufend in die Notaufnahme gestürmt.
Es war der Morgen des 4. Mai 1987. Wie immer quälte ich mich mit der Frage, Christopher nach Hause zu holen. Ulrich würde uns dann möglicherweise verlassen.
Was nun? Was sollte ich tun? Was wäre die Alterna-

tive? Innerlich rang und kämpfte ich mit mir. Ich besprach mich mit meinen Eltern. Meine Mutter sagte mir ihre praktische Hilfe zu. Sie würde so oft wie möglich kommen, um mich zu entlasten – und um mich nicht ganz allein zu lassen.

Noch immer im Zweifel, telefonierte ich lange mit meinem Vater. Da wir uns sehr ähnlich sind, brachte er es schlicht auf den Punkt: »In fremde Hände geben kannst du ihn doch gar nicht!« Er bestätigte und festigte mich in meinem Entschluß, als er sagte: »Jeder muß nach seiner inneren Überzeugung handeln, auch wenn es viel Kraft erfordert!«

In diesem Moment war ich unendlich dankbar, daß ich meine Eltern hatte. Ich würde Christopher nach Hause holen, ja, ich würde es tun – mit oder ohne Ulrich.

Deutlich teilte ich ihm dies mit. Vor die Alternative gestellt, zu uns zu stehen oder zu gehen, bat er erst einmal um Aufschub. Natürlich hoffte er, daß sich das Problem zwischenzeitlich von alleine lösen würde. Wenn nicht, dann würde er testen, ob er mit der Tatsache, ein allerschwerstbehindertes Kind zu Hause zu pflegen, fertig würde. Aber dieser Versuch solle in den großen Ferien stattfinden – bei normaler beruflicher Belastung wäre er hierzu außerstande.

Dies wollte ich als Kompromiß akzeptieren; die Ferien würden in etwa zwei Monaten beginnen. Diese Zeit würden wir ohnehin zur Vorbereitung brauchen.

In den Sommerferien des vergangenen Jahres hatte ich liegen müssen, um die Schwangerschaft mit

Christopher zu halten. Damals war für Ulrich die Belastung, mich zu versorgen, viel geringer gewesen. Nun sollte er also vor eine erheblich schwerere Probe gestellt werden.
Die Perspektive, Christopher nach Hause zu holen, war für mich ein Rettungsanker, an den ich mich klammerte – um meinem Leben wieder etwas Normalität zu geben.
Mein Entschluß war unumstößlich. Baldmöglichst würde ich ihn Dr. Linde mitteilen. Da wir uns an diesem Tage nicht begegneten, verschob ich unser Gespräch auf den kommenden.
Als ich eine der Schwestern fragte, wie es dem Baby nebenan ginge, antwortete sie: »Ich glaube, dem geht es sehr gut!«
Das Baby war in der Nacht gestorben.
Mit Christopher im Arm konnte ich meine Tränen kaum zurückhalten. Ich hatte dies vorausgesehen. Und fühlte mich zurückerinnert an das erste Mal, als ich mein Kind gesehen hatte – genauso daliegend wie das Kleine gestern. Ich konnte nicht anders – in diesem Moment erinnerte ich mich zurück an Christophers Geburt, an meine Panik, als ich aus dem Operationssaal geschoben wurde.
Abends schrieb ich in Christophers Tagebuch:

Christopher!

Nie werde ich diesen schwärzesten Tag in meinem Leben vergessen – der der schönste hätte sein können, der 25. Februar 1987, der Tag der Geburt meines ersten Kindes.

IV

Am Tage darauf starb Christopher. Es war der 5. Mai, genau 12.00 Uhr mittags.

Wenige Minuten nach zwölf läutete das Telefon. Als sich Dr. Zeuner meldete, war mir schlagartig klar, was er mir mitzuteilen hatte.

»Christopher ist soeben verstorben«, sagte er schlicht.

Im selben Augenblick kam Ulrich von der Schule zur Tür herein.

»Wir kommen!« antwortete ich ganz ruhig, während mein Herz raste wie niemals zuvor in meinem Leben.

Dr. Zeuner bat mich eindringlich, vorsichtig zu fahren.

»Hatten Sie versucht, mich zu erreichen?«, fragte ich noch.

Es war für mein Gefühl etwas zu hastig, wie der Arzt widersprach.

Nachdem ich den Hörer auf die Gabel gelegt hatte, gab ich tonlos von mir: »Er ist tot!«

Ulrich wiederholte fragend: »Er ist tot?« und ging dann schluchzend die Treppe hinauf.

Gefaßt und konzentriert packte ich die Sachen zu-

sammen, die ich ins Krankenhaus mitnehmen wollte: Es war ein kleiner weißer Taufanzug, den ich irgendwann in den vergangenen Wochen für genau diesen Anlaß gekauft hatte. Gekauft mit ernster Linie, mit der Vorstellung, daß Christopher tot wäre, wenn er ihn trüge. Die Verkäuferin muß sich sicher über diese Mutter, die sich so gar nicht freute, sehr gewundert haben. Außerdem nahm ich das kleine Metallkreuz mit, daß ich einst zu meiner Kinderkommunion geschenkt bekommen hatte, um es Christopher in die Händchen zu legen.
Auf dem Weg nach Bonn beschäftigte mich vor allem eine Frage: Hatte man wirklich nicht versucht, mich zu erreichen? Stets hatte ich doch betont, ich wolle in seinen letzten Minuten bei Christopher sein. Jetzt war mein Kind gestorben – ohne daß seine Mutter es dabei im Arm gehalten hätte. Noch heute frage ich mich, ob Dr. Zeuner versucht hatte, mich zu benachrichtigen. Sein Verneinen war vermutlich eine gut gemeinte Lüge, um mich zu schonen.
Denn an diesem Vormittag war meine Telefonleitung über mehr als eine Stunde besetzt gewesen. Normalerweise hatte ich in der letzten Zeit immer nur sehr kurz telefoniert, da ich stets erreichbar sein wollte. An diesem Morgen aber hatte ich eine heftige Auseinandersetzung mit Ulrichs Mutter geführt. Eigentlich hatte ich sie um Hilfe bitten wollen. Ich hatte ihr erzählt, daß ich mich unwiderruflich dazu entschlossen hatte, mein Kind nach Hause zu holen. Helfen sollte sie mir, indem sie meinen Plan bei Ulrich unterstützte. Wenn Ulrich

auf jemanden hörte, auf jemanden Rücksicht nahm, dann auf seine Mutter. Ich hoffte, sie würde mich verstehen, würde nachvollziehen, daß ich mein Kind genauso liebte wie sie das ihre. In der Illusion, sie würde Ulrich darin bestärken, zu uns zu stehen, und ihm Mut und Kraft zusprechen, rief ich sie an. Aber wir sprachen zwei verschiedene Sprachen. Meinen Gefühlen und Argumenten gegenüber blieb sie verschlossen. Ich will nicht abstreiten, daß auch sie Christopher liebte und fürchterlich litt. Vor allem aber sorgte sie sich um ihren eigenen Sohn. Sie hatte Angst, Ulrich bräche unter dieser Belastung zusammen. Aus diesem Grunde wollte sie mir nicht helfen, sondern mich von meinem Vorhaben abbringen. Wir führten eine lange, erhitzte Diskussion.

Als ich den Hörer aufgelegt hatte, atmete ich tief, ganz tief durch und sprach zu mir selbst: »Na gut, Christopher, ich hole dich auf jeden Fall nach Hause – notfalls auch ohne deinen Vater!«

Wenige Minuten später klingelte das Telefon.

Nicht zuletzt deshalb glaube ich, daß Christophers Todeszeitpunkt nicht zufällig war: Während des zehn Wochen dauernden Weges, den er und ich gemeinsam gegangen waren, hatte ich einen Prozeß durchlaufen, der mich innerlich reif machte, seinen Tod überhaupt zu ertragen. Es tut mir noch heute gut, vor mir selbst sagen zu können, ich hätte ihn niemals in fremde Hände gegeben.

»Vielleicht hat er dies von Ihnen gewollt«, kommentierte Dr. Zeuner die Entscheidung, die ja endgültig erst in den allerletzten Stunden vor Christophers Tod gefallen war, schlicht. Ich denke, damit war Christophers Mission erfüllt und sein Leben vollendet.

Er hatte gewartet, bis ich mit mir im reinen war – ohne den eigentlichen Tribut zu verlangen. Auch aus diesem Grunde betrachte ich noch heute dieses Kind, das mir so früh genommen wurde, als großes Geschenk.

Am Krankenhaus angekommen, suchte Ulrich umständlich nach einem Parkplatz. Dieser war zu eng, jener zu kurz, der dritte zu schlammig und der vierte unter einem Baum, dessen herabfallende Blüten das Auto verschmutzen würden. Angesichts derartiger Kleinkrämerei in einer solchen Situation hätte ich schreien können. Ich stieg aus und lief voraus.

Oben auf der Station ging ich nicht wie sonst direkt zu Christophers Zimmer. Was mich davon abhielt war die innere Suche nach Nähe – nach jemanden, der mich stützte. So begab ich mich zum Schwesternzimmer. Ihr leises Gespräch verstummte sofort, alle sahen mich betroffen an. Bis eine von ihnen aufstand, mich am Arm führte und zu Christophers Leichnam begleitete.

Sie nahm mir die Jacke ab, flüsterte sanft, ich könne ihn noch einmal in den Arm nehmen.

Zuerst sah ich ihn lange an.

Er sah so friedlich aus, wie ein kleiner Engel. Er konnte in seinen letzten Minuten nicht gelitten haben – nicht bei diesem entspannten, gelösten, ja glücklichen Gesichtsausdruck.

Ich streichelte seinen noch immer warmen kleinen

Körper und war mir bei seinem Anblick sicher, es ginge ihm jetzt sehr, sehr gut.
Er hatte es geschafft.
Als Ulrich kam, nahm ich Christopher noch einmal in den Arm – ein allerletztes Mal. Zum ersten Mal war er nicht versteift, verkrümmt, sondern weich und zart. Ein allerletztes Mal sog ich diesen besonderen, süßen Duft in mich ein, den Duft meines Babys.
Die Schwester kamen nacheinander, um sich von Christopher zu verabschieden. Alle hatten liebe Worte für Ulrich und mich. Endlich kam Dr. Zeuner, der Christopher beim Sterben beigestanden hatte, und er erzählte uns, wie es geschehen war: Noch am Morgen bei der allgemeinen Visite sei sein Zustand unverändert gewesen. Gegen 11.30 Uhr war die Krankengymnastin gekommen. Als sie ihn aus dem Bettchen nahm, habe er sich bereits so merkwürdig weich angefühlt. Sein Puls sei daraufhin kontinuierlich und unaufhaltsam abgesunken. Sie hatte Dr. Zeuner dazugerufen. Die beiden sind bei ihm geblieben. Christopher ist ganz sanft gestorben – ohne irgendeine Qual. Sein Lebenslicht ist langsam verloschen. Er starb im Arm der Krankengymnastin, im Beisein des Arztes.
Er hatte es geschafft!
Als letzter kam Dr. Linde. Er umarmte Ulrich und mich, sagte, wir hätten so tapfer durchgehalten. Ein letztes Mal wollte er Christopher übers Köpfchen streicheln, hielt aber inmitten der Bewegung inne und sagte: »Er hat alle Liebe bekommen, die ein Kind nur bekommen kann!« Diese Worte waren ein großer Trost für mich.

Mit unserem toten Kind alleingelassen, machten wir es für sein Begräbnis zurecht.
Ich kleidete es in seinen kleinen weißen Anzug, legte ihm das Kreuz in die gefalteten Händchen.
Seine wenigen Habseligkeiten waren schnell zusammengepackt.
Wir nahmen Abschied von unserem toten Kind, ein allerletztes Mal vollzogen wir das Ritual, das ich in all den Wochen Abend für Abend praktiziert hatte. Als wir ihm ›Auf Wiedersehen‹ sagten, so war dies absolut ernstgemeint.
Wie ich aus diesem Zimmer dann hinausgekommen bin, weiß ich heute nicht mehr.
Zu Hause legte ich die Tüte mit seinen Sachen auf die Wickelkommode, die es nie benötigt hatte. Wochenlang würde ich die wenigen Habseligkeiten nicht anrühren können. Ich legte mich ins Bett mit dem Gefühl, mein Kind wäre erlöst. Ich wollte glauben, Christopher ginge es jetzt wunderbar, er sei glücklich, seine Seele frei. Aber nie, niemals mehr sollte ich ihn im Arm halten, sein Kindergesicht an mich drücken dürfen!
»Bitte, Christopher, sei da, wenn ich einmal sterbe«, flehte ich schluchzend.
Tränen der Verzweiflung schüttelten mich. Wenn ich in den vergangenen Wochen geglaubt hatte, mit Christophers Tod läge das Schlimmste hinter mir, so sollte ich feststellen, wie sehr ich mich getäuscht hatte. Vor mir lag das tiefste Tief meines Lebens, ein langer Weg durch ein ödes, steiniges Tal.
In den nächsten Tagen sollte mich Christophers Beerdigung noch ablenken – aber dann würde ich

ihn antreten müssen, diesen Weg, den niemand anderer für mich gehen konnte.
Beerdigungen sind ungeheuer wichtig – für die Hinterbliebenen. Sie sind das letzte Ritual des Abschieds und geben so in dreifacher Hinsicht den vor Schmerz gebrochenen Eltern ein Stückchen Halt. Zum einen laufen sie im großen und ganzen in traditionell festgefügten Normen ab. Gerade dies braucht man im Augenblick des inneren Chaos sehr – als etwas, was beständig ist, was Halt gibt. Beerdigungen machen darüber hinaus den Tod eines Menschen offiziell – Nachbarn, Freunde und Verwandte nehmen teil und spenden den Betroffenen allein durch ihre Anwesenheit bereits Trost. Schließlich nimmt man wirklich endgültig Abschied, hernach gibt es kaum noch etwas zu regeln – die eigentliche Trauerarbeit kann beginnen.
Vor allem aber hatte ich das Gefühl, dies sei der allerletzte Dienst, den ich meinem toten Kind hier auf Erden angedeihen lassen konnte. Bis ins Detail plante ich Christophers Beerdigung. Den Anzeigentext hatte ich in den vergangenen Wochen bereits ausgewählt. Das Zitat aus dem Johannes-Evangelium

> Ihr habt nun Leid;
> aber ich will Euch wiedersehen,
> und Euer Herz soll sich freuen.

sollte meine innere Einstellung bekunden. Diese Stelle des Evangeliums erschien mir in meiner Situation wie ganz allein für mich geschrieben –

aber wie viele Millionen Menschen haben das gleiche vor und nach mir gefühlt, in denselben Worten Trost gesucht?

Wir bestellten ganz in Weiß gehaltene Kränze. Beim Nennen des Aufdrucks auf der Schleife verlor ich die Beherrschung und brach im Blumengeschäft in Tränen aus. Wir ließen nichts unbeachtet, überließen keine Entscheidung dem Beerdigungsinstitut, nicht die Wahl des Gesteckes, das den kleinen weißen Sarg schmückte, nicht die Art der Handsträußchen. Weil der Gemeindefriedhof keine eigene Kapelle hatte, entschieden wir, Christopher auf dem Städtischen begraben zu lassen. Kindergräber wurden hier bereits nach 20 Jahren eingeebnet, deshalb kauften wir ein Erwachsenengrab für 40 Jahre. Denn ein Grab zu haben als einen Ort der Zuflucht, an dem man weinen kann, ist ungeheuer wichtig.

Gemeinsam mit dem Pfarrer suchten wir die Lieder aus. Es sollten Osterlieder sein, die meinen Glauben an Auferstehung ausdrückten. Wir besprachen den Tenor der Predigt – sie sollte wiedergeben, was Christopher in seinem kurzen Leben positiv bewirkt hatte. Der Pfarrer wollte sich trotz des Wochentages um Meßdienerinnen bemühen, die ja in dieser Zeit eigentlich Schule hatten.

Zum Schluß begaben wir uns in die Stadt, um unsere Trauerkleidung zu kaufen. In der Boutique, in der ich seit Jahren Kundin war, drückte man uns stumm und voller Anteilnahme die Hände.

Auf dem Heimweg kamen wir zufälligerweise am Beerdigungsinstitut vorbei. Der Inhaber lud gerade

den weißen kleinen Kindersarg ein – er war auf dem Weg, Christophers Leichnam abzuholen. Mich packte ein entsetzliches Schaudern.
Kurze Zeit später klingelte bei uns zu Hause das Telefon. Das Beerdigungsunternehmen fragte an, ob es selbst Christopher einkleiden sollte oder ob wir etwas vorbeibringen wollten. Ich glaubte, nicht richtig verstanden zu haben. Schließlich hatte ich mein Kind ja selbst fertig angezogen. »Er ist aber danach noch seziert worden«, bekam ich zur Antwort. Mein Herz raste wild. »Moment«, sagte ich, »ich rufe Sie gleich zurück!«
Hastig wählte ich die Nummer der Kinderklinik, verlangte den Stationsarzt.
»Warum ist Christopher seziert worden?« schrie ich fast hysterisch in den Hörer.
»Bitte?«, stammelte er. »Christopher ist bestimmt **nicht** seziert worden. Ich rufe Sie gleich zurück!«
Tatsächlich meldete er sich auch nach wenigen Minuten, uns tief betroffen um Verzeihung bittend. Christopher liege noch vollkommen angekleidet in der Pathologie. Man habe dem Beerdigungsunternehmen das falsche tote Baby übergeben! Er würde dem Bestatter Christophers Leichnam nun persönlich ausgehändigt.
Wie auch immer dies geschehen konnte – mich tröstete dieser Vorfall. Nicht auszudenken, was passiert wäre, wenn wir das falsche Kind beerdigt hätten und irgend jemand dies hinterher bemerkt hätte. Aber so wurde mir eines klar vor Augen geführt: Ich war nicht die einzige Mutter, die ihr Kind beweinte.

Plötzlich fühlte ich mich nicht mehr ganz so allein. Irgendwo trauerte diese andere Mutter um ihr Kind ganz genauso wie ich um das meine.
Vermutlich wäre es für Ulrich und mich eine ungewöhnliche Leistung gewesen, wenn wir in diesen Tagen nicht auch gestritten hätten. Am Tage vor Christophers Beerdigung rief ich meinen Vater weinend an, er solle mir helfen und Ulrich dazu bewegen, sich zusammenzunehmen – damit wir wenigstens unser Kind in Würde begraben konnten. Ausgangspunkt unserer Auseinandersetzung war, daß Christopher bereits an diesem Abend in der Friedhofskapelle aufgebahrt werden würde. Dort sollte ich Gelegenheit haben, ihn noch in Ruhe ein letztes Mal zu sehen, ihm ein letztes Lebewohl zu sagen.
Ganz bewußt hatte ich mich hierzu entschieden – um nicht länger an Gewesenem zu hängen, sondern die Gegenwart zu akzeptieren. Ich nahm in Kauf, daß mich der Schmerz, mein geliebtes Kind tot in seinem Sarg zu sehen, umhauen würde – aber ich akzeptierte dies als notwendige Voraussetzung dafür, daß die Wunde heilen konnte.
Nur eines wollte ich unbedingt hierbei: mit Christopher allein sein! Ihn in diesen allerletzten Minuten mit niemanden, außer Ulrich, teilen.
Meine Mutter akzeptierte dies.
Meine Schwiegermutter machte einen Heidenaufstand. Ulrich entschied, sie mitzunehmen.
Im nachhinein mag dies unbedeutend erscheinen. Aber in meiner damaligen Verfassung, in der meine Nerven bis zum Zerreißen gespannt waren, genügte

ein Funken zur Explosion. Die allerletzten Minuten mit meinem Kind sollten mir nicht vergönnt sein? Ich brach schluchzend zusammen. Statt mich zu trösten, begann Ulrich, hemmungslos zu trinken. Ich hatte panische Angst, die morgige Beerdigung körperlich nicht durchzustehen. Mein Vater sprach am Telefon auf Ulrich ein, bat ihn, seine Mutter und mich nacheinander an den offenen Sarg zu führen und mir so die gewünschten Minuten zu ermöglichen.
Warum waren wir nicht allein auf diese Lösung gekommen? Weil unser Schmerz uns blind machte! Und weil wir körperlich und geistig völlig überbeansprucht waren. Ich hatte seit mehreren Nächten nicht geschlafen. Die verzweifelte Sehnsucht nach meinem Kind hatte mich schluchzend in mein Kopfkissen beißen lassen.
An diesem Tage vor der Beerdigung putzte ich unser Haus auf Hochglanz, als hinge irgend etwas davon ab. Ich schaffte es kaum, meine Trauerkleidung für den nächsten Tag zurecht zu legen.
Abends fuhren wir zur Friedhofskapelle.
Zu viert traten wir ein, Ulrich, seine und meine Mutter. Die beiden Omis weinten stumm, meine Mutter zitterte am ganzen Körper. Wir legten Christopher weiße Röschen aufs Kopfkissen. Dann ließen sie mich bei meinem toten Kind zurück. Christopher erschien mir so klein, so winzig klein! Und so allein!
Er lag da in seinem weißen Sarg, beschienen vom Licht der Kerzen. Sein Gesichtsausdruck war noch immer ganz friedlich – und so wissend. Ich betete

nur um eines: »Lieber Gott, mache ihn so glücklich, wie ein kleiner Junge nur sein kann. Tue Du alles für ihn, was ich so gerne für ihn getan hätte – und noch vieles mehr!«
Kaum konnte ich mich von Christophers Sarg trennen. Ich hatte Angst vor dem folgenden Tag.
Für das eigene Kind kann es wohl niemals eine wirklich ›schöne‹ Beerdigung geben. Insgesamt war alles furchtbar und doch irgendwie nicht so schlimm. Mir war, als stünde ich neben mir und müsse mir immer wieder selbst sagen, daß gerade jetzt das Unfaßbare geschieht – daß mein eigenes Kind begraben wird.

Großen Trost fand ich in der Predigt, die der Pfarrer mit einem Zitat aus dem Evangelium nach Johannes begann. Er fand Worte, die mich tatsächlich in meinem Schmerz trösten konnten, weil sie mich erreichten und sich wie Balsam auf mein Herz legten. Es waren Worte, die zeigten, daß er mir zugehört hatte.
Er sprach von der Frage nach dem Sinn eines so frühen Todes und gab keine falsche Antwort nach dem ›Warum‹. Vor allem sprach er davon, was mein Kind zumindest für mich in seinem kurzen Leben bewirkt hatte, von den vielen Relativierungen, dessen Anstoß Christopher war. Er betonte, daß ich Christopher wie ein Geschenk gesehen habe und sich durch ihn meine Einstellung zum Leben völlig verändert hatte. Und auch mein Einstellung zum Tod. Er erkannte, daß ich ohne den festen Glauben an ein Wiedersehen nicht hätte weiterleben können.

Was mir wohlgetan hat, war, daß der Pfarrer bei seinen Worten oft schlucken mußte und mit den Tränen kämpfte. Er weinte mit uns in der Friedhofskapelle und an Christophers offenem Grab.
Abends schrieb ich in Christophers Tagebuch:

Christopher – Lieben heißt Gehenlassen – für Dich war Dein Tod Befreiung, mein Liebesbeweis an Dich war es, Dich in Frieden sterben zu lassen.

Christopher – wir haben es geschafft –

Du hast es geschafft zu sterben.

Wir haben es geschafft, Dich zu begraben –

ich denke, wir alle haben es gemeinsam geschafft!

Nach Christophers Begräbnis durchlebte ich die Phase meines Lebens, die man nur mit einem Begriff bezeichnen kann: als Hölle.
Hatte ich geglaubt, das schlimmste liege hinter mir, da Christopher ja erlöst war, es ihm gut ginge und ich endlich wieder frei sei für einen Neuanfang, so hatte ich mich getäuscht. Ich trauerte so verzweifelt um mein totes Kind, wie ich es nicht erwartet hatte. Mein Schmerz warf mich einfach um. Es war mir kein Trost mehr, daß Christopher nun von seinen Qualen erlöst war, nein! Er hätte ja gesund sein können! Gesund, lebendig, froh – das wäre die Alternative gewesen! Es war mir auch kein Trost zu glauben, er sei nun im Paradies. Wer konnte dies

wissen? Und auch wenn es stimmte: Er fehlte mir hier so sehr!
Mein Leben war einsam und leer. Ohne Freude, ohne Aufgabe, ohne Sinn. Und das entsetzlichste an diesem Zustand erschien mir noch, daß dies nun ewig so weitergehen würde. Niemals mehr würde diese Verzweiflung enden, niemals würde ich wieder lachen können.
Ganz dringend hätte ich damals jemanden gebraucht, der mir glaubhaft versichert hätte, das Leben könne wieder lebenswert werden. Denn das kann es tatsächlich. Trauer braucht eben ihre Zeit. Man spricht zu Recht von Trauer**arbeit**. Sie ist ermüdend und kräftezehrend – aber als Betroffene müssen wir sie leisten. Das traditionelle Trauerjahr hat ebenfalls seine Bedeutung – man muß schon einmal seine Sommerferien, Weihnachten, Ostern, den Geburtstag des Verstorbenen ohne ihn erlitten haben, bevor die Wunde nicht mehr brennt.
»Es gibt ein Leid, das fremden Trost nicht duldet, und einen Schmerz, den sanft nur heilt die Zeit!« stand auf einer Beileidskarte, die ich damals zufällig erhielt. Was dieses kleine Gedicht aussagt, stimmt wirklich. Es ist tatsächlich so, daß auch nach dem längsten Regen wieder die Sonne scheint, auch nach dem kältesten Winter der Frühling einkehrt. Zum großen Teil liegt das Glück des weiteren Lebens von Eltern, die ein Kind verloren haben, in ihrer eigenen Hand.
Über eines muß man sich jedoch im Klaren sein: Man kann niemals mehr der Mensch werden, der man vorher war. Noch heute, sechs Jahre nach mei-

ner Zeit mit Christopher, gibt es Situationen, in denen ich bitter um ihn weine. Dieser Kummer wird auch niemals ganz aufhören. Und die Erfahrungen mit ihm haben mich geprägt wie nichts anderes in meinem Leben, in meiner Einstellung zu Kindern, zu Problemen des Lebens, zum Glauben, zu mir selbst. Christopher hat mich positiv verändert. Dafür bin ich ihm dankbar. Aber er fehlt mir, fehlt mir, fehlt mir – hinterließ eine niemals zu schließende Lücke.

Damals kam niemand, der mich aufmunterte und mir sagte, ich könne weiterleben. Ich war allein. Bereits am ersten Tag nach Christophers Begräbnis hatte ich enorme Schwierigkeiten, ihn zu bewältigen. Die Minuten dehnten sich zu Stunden. Ruhelos lief ich durch das trostlose Haus, innerlich in Wartestellung. Worauf warte ich bloß?

Die siebenjährige Karina, ein Nachbarskind, klingelte weinend an meiner Haustür. Sie hatte ihre Religionslehrerin gefragt, warum das Baby gestorben war. Diese hatte geantwortet: »Das Baby ist sehr krank gewesen, nun hat der liebe Gott es zu sich genommen, damit es dort weiterleben kann!«

Ich überwand mich, nahm zum ersten Mal wieder ein Kind, das nicht das meine war, sanft in den Arm. Gemeinsam fuhren wir zum Friedhof, sie legte selbstgepflückte Blümchen auf das frische Grab. »Christopher werde ich niemals siebenjährig erleben«, dachte ich bitter, als ich sie nach Hause brachte. Und wieder traf mich der Schmerz wie ein Schlag, bohrte sich wie ein Messer in mein Herz.

Mein Kind war tot – und ich mußte weiterleben!

Grauen durchfuhr mich bei dem Gedanken, mein Leben würde noch 40, 50 Jahre so weitergehen – wo doch bereits dieser eine Tag so endlos und schwer gewesen war!

Solange Christopher krank gewesen war, hatte er mich gebraucht. Meine letzten Reserven hatte ich aufgeboten, um für ihn da zu sein.

Nun verließen mich alle meine Kräfte. Wozu sollte ich auch noch kämpfen? Mein Leben hatte seinen Inhalt und seinen Sinn verloren.

Mein Leben war mir nichts mehr wert – und ich mußte es weiterleben. Ohne zu wissen, worum und wozu.

Ich lebte, aber mein Kind war tot. Wie konnte das sein?

Offenbar hatte ich gegen ein Naturgesetz verstoßen: Ich hatte mein eigenes Kind überlebt! Die Welt war nicht mehr in Ordnung, nichts war mehr richtig.

Nichts lenkte mich ab, erfreute mich. Mir fiel nur alles unendlich schwer! Es war das Leben selbst, mit dem ich nicht mehr mithalten konnte.

Zunächst wechselten Gefühle der Gleichgültigkeit ab mit denen des Schmerzes.

Diese Gleichgültigkeit hüllte alles um mich herum in eine Art Grauschleier. Nichts, absolut nichts freute mich, nichts regte mich mehr auf, nichts erreichte mich. Mein Kind war schließlich tot! Was sollte mich da noch erschüttern?

Unaufhaltsam wie bei den Gezeiten überflutete mich dann wieder der Schmerz. Ihm gegenüber war ich machtlos. Manchmal hatte ich das Gefühl,

als gefriere mein Herz zu Eis, wenn mich wieder einmal wie ein Keulenschlag die Erkenntnis traf: Mein Kind war tot!
Was ich jetzt lernen mußte, war nachzugeben. Ich lernte es, nicht gegen den Schmerz anzukämpfen, sondern ihn zuzulassen. Ich ließ mich von ihm überrollen, wußte, er würde irgendwann langsam abflauen, mir eine Atempause gönnen, um schließlich wie eine Welle wieder anzusteigen. Was mir dann half, war ein Besuch des Friedhofs. Hier wurde ich ruhig. Im inneren Gespräch mit Gott fand ich hier Frieden.
Denke ich zurück, so sehe ich mich in dieser Zeit oft an Christophers Grab stehen, betend, schluchzend, flehend: »Lieber Gott, mach ihn glücklich! Gib, daß ich ihn wiedersehe! Und hilf mir, dies alles auszuhalten!« Alle anderen Erinnerungen an diese Zeit versinken wie im Nebel. Vor allem fühlte ich mich grenzenlos allein.
Ulrich und ich hatten einander nach wie vor nichts zu sagen, nichts zu geben. Im Gegenteil – unsere gegenseitige Anwesenheit machte fatalerweise unseren Schmerz nur noch schlimmer, personifizierten wir füreinander doch das, was wir beide verloren hatten!
Hatte meine Mutter uns bis jetzt oft besucht, um mir beizustehen, holte sie jetzt liegengebliebene Arbeiten nach. Aus falscher Rücksicht meldeten sich Bekannte und Verwandte, Freunde und Nachbarn nicht – sie ließen uns in Ruhe, weil sie glaubten, wir brauchten das.
Mir wäre jede erdenkliche Ablenkung recht gewe-

sen. Eine Freundin lud uns nicht zu ihrem Polterabend ein, um uns in unserer Trauer nicht zu stören. Wir wurden nicht mehr zu Grillfesten gebeten oder gefragt, ob wir mit Bekannten zum Essen gehen wollten.

Manchmal wurden wir tatsächlich auch noch verurteilt, wenn wir uns etwas gönnen wollten, zum Beispiel, als wir eine Fernreise planten.

Alles, was wir taten, war falsch – in den Augen der anderen, und auch in unseren eigenen.

Lachen war falsch – schließlich trauerten wir ja. Niemand freute sich, wenn wir lachten, jeder schien verwundert die Brauen zu heben. Jedes Vergnügen wurde kritisch beäugt, immer hatte ich das Gefühl, als müsse ich mich rechtfertigen. Und mein eigenes schlechtes Gewissen meldete sich ohnehin sofort: Wieso tat ich dies oder jenes, obwohl Christopher doch tot war? Daß wir überhaupt am Leben waren, war falsch.

Langsam, unendlich langsam begriff ich, daß es keinen Verrat an meinem toten Kind bedeutete, wenn ich irgend etwas tat, was mich auch nur ein klein wenig erfreute!

Zunächst aber lief ich weiter allein in meinem leeren Haus umher, darauf wartend, daß wenigstens irgend jemand einmal anrief.

Mit am schlimmsten waren noch die wohlgemeinten Ratschläge. Jeder andere schien besser zu wissen als ich selbst, was mir gut tun würde. Ich wurde meinen Eltern und ihren dauernden Belehrungen gegenüber regelrecht aggressiv. Und am allerschlimmsten empfand ich es, wenn man meinen Verlust zu verharmlosen suchte: »Ihr könnt doch noch andere Kinder bekommen! Besser ein krankes Baby verlieren als ein **richtiges** Kind! . . .«. Denn diese Äußerungen waren für mich eine Beleidigung Christophers. Und ich verteidigte ihn!

Der Sonntag nach Christophers Begräbnis war der zweite Sonntag im Mai! Muttertag!
Ulrich kaufte einen hübschen Blumenstrauß und fuhr zum Kaffee zu seiner Mutter. In mir brodelte es wie in einem Vulkan. Ich will nicht ungerecht sein – schließlich trauerte seine Mutter ja auch um ihr Enkelkind, und er wollte ihr Trost spenden. Aber auf diese Art demonstrierte er mir deutlich, was mir auf ewig verwehrt blieb, was ich verloren hatte: Sie hatte ihren Sohn – meiner war tot. Sie erhielt Blumen – ich war allein. Mein Zorn auf ihn, der so sehr an seine Mutter dachte, meine bittere Wut, mein Gefühl der Ohnmacht waren grenzenlos. Mich ließ er an diesem Tag allein. Ich pflückte im Garten Blumen – einen Kinderstrauß. Genau so einen hätte Christopher mir später einmal gepflückt. Ich brachte ihn zu seinem Grab und sprach mir zu, es sei wohl besser, eine Mutter weine um ihr Kind, als daß mein kleiner Junge umgekehrt einsam um seine Mami weine.
Ich war ausgebrannt, fühlte mich müde und krank. Alles, was ich tat, geschah im Zeitlupentempo. Gleichzeitig hatte ich Probleme, durch die nie enden wollenden Tage zu kommen. Jeder einzelne Tag war Schwerstarbeit, Stunde um Stunde. Jeden einzelnen Tag galt es durchzustehen.

Am schlimmsten war bereits das Aufstehen. Halbe Tage verbrachte ich im Bett. Es kostete eine enorme Energie und Willensanstrengung, mich dann zu erheben. Wenn dies schon so viel Kraft kostete – wieviel bliebe dann übrig für den Rest?
Ständig fing ich hier irgendetwas an und lies dort etwas liegen. Ich war vollkommen durcheinander, innerlich unruhig, nervös und angespannt. Ich fühlte mich wie in einem Wartezustand und wußte nicht worauf.
Und dann quälte ich mich weiter mit Selbstanklagen. Wie ein Karussell drehten sich die ›Wenn ich doch ...‹ und ›Warum habe ich nicht ...‹ in meinem Kopf.
Nacht für Nacht weinte ich einsam in meine Kissen – um mein Kind und um mein ganzes Leben, das in Trümmern lag.
Ulrich und ich stritten oft in dieser Zeit. So konnte er zum Beispiel nicht verstehen, daß ich zu anderen viel über Christopher sprach. Er wollte es mir verbieten, ebenso das Aufstellen von Fotos. Doch ich brauchte die Fotos und die Gespräche – sonst hätte ich das Gefühl gehabt, Christopher ein zweites Mal sterben zu lassen. Nachts lag ich wach oder litt unter Alpträumen. Tagsüber wünschte ich oft, ich wäre tot. Die Vorstellung, daß dieser allumfassende Schmerz niemals aufhören würde, war entsetzlich. Ich baute auf die Zeit, die sprichwörtlich Wunden heilt – und sie verging nur so langsam!

Eine Bekannte, die schwanger war, die das Strampeln ihres Kindes in ihrem Bauch fühlte, rief an.

Sie beschrieb ihr Gefühl für das Baby mit den Worten: »Ich bin nicht mehr allein!« Und ich war wieder so allein.
Dann rief eine Frau an, die gleichzeitig mit mir wegen ihrer vorzeitigen Wehen behandelt worden war. Sie wollte sich nur nach meinem Baby erkundigen. Im Hintergrund hörte ich das Geplapper ihrer gesunden kleinen Tochter.
Ungefähr einen Monat nach Christophers Tod besuchten wir noch einmal die Kinderklinik, in der unser Kind sein ganzes kurzes Leben verbracht hatte.
Vor diesem Besuch hatte ich ungeheure Angst, doch ich zwang mich dazu, verglich ihn mit den Schmerzen beim Desinfizieren einer Wunde, die notwendigerweise auszuhalten waren, sollte sie heilen.
Wir fuhren hinauf zur Kinderintensivstation, gingen über den Besucherbalkon zum Fenster von ›Christophers‹ Zimmer. Es war ganz natürlich und für mich gleichzeitig unfaßbar, daß dort nun zwei andere Babys lagen.
Alles war wie immer – der Park, die Kinder auf dem Spielplatz, die Räume mit den Wärmebettchen und Brutkästen und natürlich die vielen Frühchen.
Alles war wie immer.
Nur Christopher war nicht mehr da!
Das Leben war ohne ihn weitergegangen.
Wir klingelten an der Station. Die Schwester, die öffnete, umarmte uns, drängte uns hineinzukommen.

Wir saßen in der Stationsküche bei einem Kaffee, und uns allen versagte teilweise die Stimme, wir alle weinten gemeinsam. Die Freude, die sie alle zeigten, uns noch einmal zu sehen, tat gut.
Lange sprachen wir danach noch mit Dr. Linde. Christophers Todesursache war ein langsames Herz-Kreislauf-Versagen, das ihn einfach einschlafen ließ. Warum gerade zu diesem Zeitpunkt, ist aber unerklärlich. Der Arzt meinte, auch bei Kindern gebe es so etwas wie einen gebrochenen Lebenswillen – wenn sie nicht mehr kämpfen wollten.
Große Worte brauchten nicht gemacht zu werden – wir verstanden uns alle auch so.
Beim Aufräumen fiel mir die Verpackung des Schwangerschaftstestes in die Hände, der ein Jahr zuvor positiv ausgefallen war. Niemals werde ich dieses alles beherrschende Glücksgefühl vergessen, als sich im Reagenzglas tatsächlich ein deutlicher brauner Ring abgezeichnet hatte. Niemals werde ich dieses unglaubliche Gefühl vergessen.
Ich überwies die Arzt- und Krankenhauskosten, die Kosten für Christophers Transport von Koblenz nach Bonn. Die Vorstellung, wie mein kleines Kerlchen ganz allein in diesem Gefährt gelegen hatte, mit Blaulicht und Martinshorn weggefahren worden war, gerade nach seiner Geburt, während er doch geborgen in meinen Armen hätte liegen sollen, ließ mich erschaudern. Ganz kurz räumte ich Christophers Kinderzimmer auf, hängte die Spieluhr, die ich ihm allabendlich aufgezogen hatte, an sein Bettchen, legte sein Lämmchen hinein. Auf

der Wickelkommode lagen die Beileidskarten, daneben die unausgepackte Tüte mit seinen Habseligkeiten, die wir aus Bonn mitgebracht hatten.
Schrecklich waren die Angstgefühle, die mich auf einmal heimsuchten – unerklärliche Angst, einfach Lebensangst, die ich nicht in den Griff bekommen konnte.
Mein Kummer nahm nicht ab, sondern zu. Während Christophers Krankheit hatte ich eine Aufgabe – nun überkam mich der Schmerz mit voller Kraft. Nun fühlte ich ihn allumfassend.
Der einzige, der keine Rechnung schickte, war Dr. Linde. Ich dachte zurück an die vielen langen Gespräche mit ihm, an die Zeit, die er sich stets für mich genommen hatte, wenn er für mein Kind nichts tun konnte. Das, was er für mich getan hatte, war nichts, für das er eine Rechnung hätte ausstellen können. Er war ein Arzt der Menschlichkeit. Und gerade diese fehlte mir jetzt so sehr, jemand, der da wäre, der mich nicht allein ließe.
Ich war allein und hatte Angst, Angst und noch einmal Angst! Ich wachte morgens auf nach einer von Stunden des Wachseins und Alpträumen unterbrochenen Nacht und hatte sogleich wieder Angst!
Ging ich morgens ins Bad und schaute in den Spiegel, da war mir oft, als erblickte ich mein Kind – so ähnlich waren wir uns. Für kurze Momente war es mir, als sähe ich meinen kleinen Jungen.
Unser Garten wurde allmählich fertig. Außerdem

erhielt unser Haus neue Fenster – Sprossenfenster, die es urgemütlich machten. Ich konnte mich nicht dafür begeistern, denn niemals mehr würde ich wieder froh werden, da war ich mir ganz sicher! Christopher hatte nichts davon!
Ich versuchte, meiner Einsamkeit, meinen Angstgefühlen und allen schrecklichen Erinnerungen davonzulaufen. Mit meiner Mutter flog ich für eine Woche nach Mallorca. Aber man kann seinen Problemen nicht entfliehen – man schleppt sie überall hin mit, ob man will oder nicht. Auf Mallorca brach ich in Tränen aus, als sich im Hotelpark eine fröhliche Taufgesellschaft versammelte.
Am schlimmsten war das Nachhausekommen. Wieder war ich zu Hause – in einem Haus ohne Freude. Mittlerweile war ich total überdreht, so nervös, daß ich mich kaum aufrecht halten konnte. Meine Tagesdosis an Beruhigungsmitteln hatte sich verfünffacht.
Es hielt mich nicht lange zu Hause.
Mein Vater und Carola verbrachten ein paar Tage auf Sylt, ich besuchte sie dort. Ich fuhr durch die Gegend ohne Spaß, fühlte mich wie eine Heimatlose. Auf Sylt überfielen mit Heulanfälle, verbrachte ich die Nächte schlaflos. Sollte diese Pein denn niemals mehr aufhören?
Ich lebte nicht, ich versuchte nur noch, jeden Tag irgendwie hinter mich zu bringen. Zeit zu gewinnen kostete meine ganze Kraft. Ich war gefangen in einer tiefen, absoluten, allumfassenden Traurigkeit.
Das Hauptproblem schien mir darin zu bestehen,

daß mir an nichts und niemanden in meiner Umgebung etwas lag. Nichts an meinem Mann, der mir fremd geworden war, nichts mehr an meinem Vater, der mich mit seiner Feier anläßlich seines 50. Geburtstages tief getroffen und enttäuscht hatte, was zu einem unwiderruflichen Bruch geführt hatte, nichts an meiner Mutter, die sich immerhin viel Mühe gab.
Meine einzige Liebe war tot. Jeder Mensch schien mir im Grunde ersetzbar – nur nicht mein eigenes Kind. Wird man vom Partner enttäuscht, steht es einem frei, sich einen anderen zu suchen. Aber selbst zehn weitere Kinder würden mir Christopher nicht ersetzen.
Ich hatte das Gefühl, ganz allein auf hoher See gegen haushohe Wellen anzukämpfen, ohne irgendwo einen Rettungsring zu sehen.
Immerhin faßte ich auf Sylt den Entschluß, mein Beruhigungsmittel abzusetzen. Die ersten Nächte waren schrecklich, bestanden aus Herzrasen, innerer Unruhe, Schweißausbrüchen und Angstzuständen. Aber dann hatte ich es geschafft – ich brauchte diese Tabletten nicht mehr. Nachts fand ich allmählich wieder etwas ruhigen Schlaf.
Tagsüber quälte ich mich durch ein schwarzes Tal, ohne Lichtschein am Horizont. Bewußt nahm ich diesen Zustand an. Er erschien mir als unabänderlich. Ich wußte, ich mußte durch dieses Tief, um wieder zu einem Hoch zu gelangen. »Nur, lieber Gott, bitte, laß den Weg durch dieses einsame schwarze Tal nicht so weit sein und so lange dauern!«, flehte ich oft.

Meine Ehe bestand nur noch aus Streit. Ulrich lamentierte und nörgelte über alles, über unser Haus, seinen Beruf, sein Auto, die Möbel, die Treppen im Haus und das Wetter vor der Tür. Öfter denn je betrank er sich im Keller – im Keller! – und tobte dann so durchs Haus, daß ich mich in meinem Zimmer einschloß. Am liebsten war mir, wenn er fort war oder wenn er endlich schlief. Meine Abscheu vor seinem aufgedunsenen Gesicht, vor seinem nach Schnaps riechenden Atem, wenn er mit giftig funkelnden Augen vor mir stand und mich mit mahlendem Kiefer mit Vorwürfen überhäufte, war grenzenlos. War das die Bilanz unserer dreijährigen Ehe: Streit, Verlust, Trauer, Scherben – und Haß?
An allem, was ihm nicht paßte, war aus Ulrichs Sicht ich die Schuldige. Nicht, daß sein Kummer um Christopher ihn so bitter und ungerecht machte hätte – nein! Seit Christophers Begräbnis hatte meine Schwiegermutter kein Wort mehr mit mir gewechselt. Sie hatte meine Bitte an Christophers Todestag, mir zu helfen, als persönlichen Vorwurf aufgefaßt und mir nicht ein einziges Wort des Trostes zukommen lassen. Sie zog sich beleidigt zurück. Und Ulrich warf mir nun vor, ich hätte sein Verhältnis zu seiner Mutter zerstört.
An manchen Tagen war meine Verzweiflung so unendlich groß, daß ich mich für Stunden zum Friedhof flüchtete. Dann saß ich auf der Bank vor Christophers Grab, weinend, grübelnd, um Fassung ringend. Es gab Tage, an denen ich an Christophers Grab schluchzte und schrie. Wenn nur

endlich jemand käme, mich zu trösten, dachte ich dann. »Lieber Gott«, flehte ich so oft, »bitte, laß mich etwas entdecken, was mich wieder froh macht, bitte, lieber Gott, hilf mir – und fang bald damit an!«

Irgendwann begann mein Überlebenswille langsam, ganz langsam wieder Oberhand zu gewinnen. Mir kam zu Bewußtsein, daß ich allabendlich das Gefühl hatte, der Tag sei vorüber – bewältigt. Ich wollte nicht länger Tage bewältigen – ich wollte sie **leben**. Wollte mein Leben nicht hinter mich bringen, sondern ihm einen neuen Gehalt, einen neuen Sinn geben. Meine Traurigkeit war allumfassend und grenzenlos. Trotzdem wollte ich **leben**, nicht nur vegetieren. Es war eine Art von Selbsterhaltungstrieb, aus dem heraus dieser Wille erwuchs.

Blindwütig stürzte ich mich in Arbeit. Körperliche Betätigung wie Unkraut jäten oder den Keller schrubben tat mir zu dem Zeitpunkt am besten. Trotzdem dehnten sich die Tage immer noch unendlich vor mir aus. Im Supermarkt belauschte ich oft Gespräche der Nachbarsfrauen – über ihre Kinder. Ihre Alltagssorgen erschienen mir lächerlich – und gleichzeitig kam ich mir so ausgestoßen vor. Wieder zu Hause malte ich mir dann selbstquälerisch aus, wie mein Leben mit meinem Kind gerade aussehen würde, was ich jetzt wohl gemeinsam mit ihm tun würde.

Der feste Wille, mein Leben wieder in die Hand zu nehmen, war da. Nur, dachte ich, wie verdammt noch mal stelle ich dies an? Was sollte ich

bloß tun? Was würde meinem Leben wieder Freude, einen Sinn geben? Gerade in dieser Situation – in der ich eben nicht den Trost hatte, wenigstens mit meinem Mann glücklich zu sein. Momentan gab mir nichts Auftrieb und Hoffnung.
Ich spürte nur den unbezähmbaren Drang in mir, meine Leben entscheidend zu verändern. So ging ich mit mir zu Rate – sollte ich wieder in meinen Beruf als Lehrerin zurückkehren? Allein der Gedanke, Kinder anderer Eltern, von Eltern, die gar nicht wußten, wie groß ihr Glück, gesunde Kinder zu haben, überhaupt war, zu unterrichten, schreckte mich damals ab.
Dazu, daß ich diesen Beruf heute wieder ausüben kann, mich ihm gerne mit viel Liebe und Zeit widme, hat mich erst mein zweites Kind wieder befähigt. Damals hätte ich dies nicht gekonnt. Immer hatte ich Kinder und den Umgang mit ihnen geliebt. Selbst jetzt genoß ich das Zusammensein mit Kindern, zum Beispiel mit denen aus der Nachbarschaft, und es tat mir sogar ausgesprochen gut, besonders herzlich und sanft mit ihnen umzugehen. Aber das war dann freiwillig, wenn mir danach war; vor allem war es zeitlich begrenzt.
Ernsthaft erwog ich, ein zweites Studium zu beginnen. Von jeher hatte ich Medizin studieren und Kinderärztin werden wollen. Ich war mir ganz sicher, in diesem Beruf dann auch Erfüllung zu finden. Ulrich bezeichnete meinen Wunsch als ›spinnerte Idee‹.

Doch es war nicht seine Abneigung, die mich davon abhielt, diese Idee in die Tat umzusetzen, sondern vielmehr die große, tiefe Sehnsucht in mir – nach einem gesunden Baby! Ich wollte unbedingt noch ein Kind! Dieser Wunsch erfüllte mich ganz und hatte eine unbändige Kraft. Er besiegte meinen Verstand, der mir nur eines sagte: Laß dich scheiden, baue dir ein neues Leben auf, stelle erst einmal den Kinderwunsch zurück. Letzteres ging eben gerade nicht. Mein Bedürfnis nach einem Kind war so immens und unaufschiebbar wie Essen und Trinken.
Ich stehe heute wie damals dazu, daß es manchmal genau richtig ist, auf seine innere Stimme zu hören – auch wenn der Verstand dagegen spricht. Denn Leonard, mein zweites Kind, ist seit dem Augenblick, in dem ich ihn zum ersten Mal im Arm hielt, das größte Glück in meinem Leben. Die Entscheidung für ihn war die beste, die ich je getroffen habe – auch wenn ich einen hohen Preis bezahlen mußte und bis heute bezahle, indem ich ihn seit kurz nach seiner Adoption allein großziehe, belastet von entsetzlichen Streitigkeiten mit meinem Ex-Ehemann um ein Kind, das er im Grunde nie hatte haben wollen. Auch wenn ich Christopher niemals vergesse, wenn ich mit der Tatsache zu leben gelernt habe, daß es einen Ersatz niemals geben kann, wenn ich umzugehen gelernt habe mit dem bitteren Schmerz, der mich noch heute überfallen kann und den Tränen, die manchmal haltlos laufen.

Doch damals wußte ich noch nicht, daß das Schicksal mir Leonard schenken sollte.
Noch war ich allein, so allein wie niemals zuvor in meinem Leben. An Ulrich lag mir nichts mehr. Ich konnte mir auch nicht vorstellen, jemals wieder einen anderen Mann zu lieben oder zu begehren. Diesen Gefühlen gegenüber wähnte ich mich als erhaben. Jeder Kummer wegen eines Mannes erschien mir lächerlich, waren sie doch alle zu ersetzen, austauschbar. Alle – aber kein Kind. Christopher zu haben oder um ihn in tiefster Verzweiflung zu trauern – das war der Unterschied zwischen Paradies und Hölle.
In unserem Zeitalter wird fast alles getan, um unfruchtbaren Paaren zu einem Kind zu verhelfen. Es gibt Samen- und Eispenden, heterologe, homologe und extrakorporale Befruchtungen, Leihmütter. Hormonbehandlungen sind noch das harmloseste.
Und dem gegenüber stehen Geburtshelfer, die in einer hochtechnisierten Klinik mit der Hilfe jedes nötigen Gerätes und der Rückendeckung eines ganzen OP-Teams und fähigen Pädiatern nicht in der Lage sind, gesunde Babys auch unversehrt auf die Welt zu holen. Nicht einmal wie bei mir an einem ganz normalen Montag im Laufe eines Arbeitstages mit voller Besetzung.
Ich lehne inzwischen alles ab, was ich während meiner Schwangerschaft über die ›sanfte Geburt‹ gelesen hatte. Sein Kind ohne Medikamente, bei gedämpftem Licht und leiser Musik, ohne Apparate, am besten noch unter Wasser zur Welt zu brin-

gen – das lag wohl voll im Trend. Auch ich hatte hiervon beeinflußt den Ehrgeiz entwickelt, so natürlich wie möglich zu gebären. Nichts gegen Natürlichkeit, nichts gegen die ›sanfte Geburt‹. Aber ausschließlich da, wo sie hingehört.

Kein Wort hatte ich in nur einer dieser Schriften darüber gefunden, was passiert, wenn es ein Zuwenig an Überwachung gibt. Nur von dem Zuviel war die Rede. Ein Zuviel aber kostet kein Menschenleben. Mag sein, daß es ein Zuviel an der falschen Stelle gibt. Diese Erfahrung hatte ich ja auch machen müssen, als man meine Wehen erst aufhielt, um sie dann künstlich einzuleiten, mich mit Medikamenten vollstopfte und der Natur ins Handwerk pfuschte.

Aber das Zuwenig im entscheidenden Augenblick ist ein weit verbreitetes Übel – das tabuisiert wird. Warum weiß ich nicht. Doch nach Christophers Tod erfuhr ich von vielen Fällen geburtsgeschädigter Kinder. Bis dato hatte ich sogar in meiner Naivität noch geglaubt, wir wären die einzigen. Es gibt aber Tausende solcher Fälle. Tausendfach unnötiges, weil vermeidbares Leid. Die tragischen Geschichten ähneln einander alle: Überwachungsfehler, eingeleitete oder verzögerte Geburten, falsche Beurteilungen, Geburten zu unpassenden Zeiten, wie am Wochenende oder abends, Ärzte, die nicht schnell genug auffindbar sind, zu viel Medikamente – vor allem aber zu späte Kaiserschnitte.

Nirgendwo, in keiner der gängigen Erziehungszeitschriften, fand ich wirklich deutliche Hinweise

darauf, daß Schnittentbindungen höchst notwendig sein können. Wenn überhaupt, dann wurde dies in einer Art Kleingedrucktem erwähnt. Und nicht ein einziges Mal wurden die Folgen verspäteter Operationen beschrieben.
Unter einem geburtsgeschädigten Kind hatte ich mir bis dato nichts vorstellen können, ich hatte nicht einmal gewußt, daß es so etwas gab. Behinderungen waren für mich zuvor stets etwas klar Abgegrenztes gewesen – aufgrund eines Unfalls konnte man blind oder gelähmt sein, natürlich gab es Kinder mit dem Down-Syndrom oder angeborenen Fehlbildungen. Aber hirnorganische Mehrfachbehinderungen waren mir als Laien unbekannt. Als man uns in der Kinderklinik dies als Möglichkeit erstmals eröffnete, mußten wir tatsächlich erst fragen, was man sich überhaupt darunter vorzustellen habe. Heute kenne ich Spezialheime, in denen Kinder mit extremer Spastik, Epilepsie, taub, blind, stumm, lallend, unfähig zu schlucken und was sonst noch alles versorgt werden. Heute weiß ich, daß es in Dortmund sogar einen ›Arbeitskreis Kunstfehler in der Geburtshilfe‹ gibt. Daß es so etwas gibt! In der Vereinszeitschrift fand ich ein Gedicht eines Vaters an seine Tochter:

Lisa

Augen, die nicht sehen
Ohren, die nicht hören
Händchen, die sich bei Krämpfen zu

Fäusten ballen
ein Mund, der nicht schlucken kann
Angst, am Schleim zu ersticken.

Statt ›Lisa‹ hätte es ›Christopher‹ heißen können.

Vor wenigen Wochen erst besuchte unser ganzes Lehrerkollegium eine Schule für geistig Behinderte. Diese Kinder mit ihren Lehrern und Betreuern zu erleben, hat uns alle tief bewegt. Ich aber dachte die ganze Zeit nur an ein einziges Kind – an das meine. Und dachte an die ersten Worte von Dr. Linde: »Es ist ein guter Ausgang, wenn dieses Kind in zehn Jahren die Sonderschule besucht!«

Es gab gute Tage und schlechte Tage. An manchen wußte ich bereits beim Aufwachen, daß sie schwer werden würden. Oft vermied ich beim Saubermachen Christophers Zimmer. Doch einmal, als ich mich überwand und die Babywanne mit dem kleinen Fisch als Badethermometer abwischte, brach ich in Tränen aus. Daraufhin betrachtete ich lange das Foto meines toten Kindes – die kräftigen Ärmchen und Beinchen, die dikken Bäckchen und die vollen Lippen. Und fühlte mich erneut wie auf einem Gang durch die Hölle.

Und dann stellte ich mir wieder und wieder die Frage, was wäre, wenn es kein Weiterleben nach dem Tode gäbe, wenn der Tod das Ende unserer Existenz schlechthin bedeuten würde. Worin sollte dann meine Hoffnung bestehen? Worin ein Trost?

Um mich herum nahm ich nur Frauen mit Kinderwagen wahr. Ständig fragte ich mich, warum **mich** dieses Leid getroffen hatte – nicht sie. Ob all diese Frauen überhaupt wußten, welchen Schatz sie da spazierenfuhren? Ob sie sich ihres Glückes bewußt waren?
Wenn nur diese fürchterliche innere Unruhe nicht gewesen wäre! Ich suchte Beschäftigung, empfand jede Minute, die ich nur so dasaß, als verlorene Zeit – dabei hatte ich auf der anderen Seite viel zu viel Zeit, die ich nicht totzuschlagen wußte.
Was trieb mich bloß?
Was war es, daß mich nicht zur Ruhe kommen ließ? Woher kam der innere Zwang, ständig in Aktion zu sein?
Weiter las ich über Sterbeerlebnisse und suchte nach Beweisen für das Paradies, die es natürlich nicht gibt.
Tag für Tag kämpfte ich gegen meine innere Einsamkeit. Immer fühlte ich mich allein, unendlich verlassen und tief unglücklich. Wo war die starke Schulter, an die ich mich – endlich – so gerne einmal angelehnt hätte.

Der 50. Geburtstag meiner Mutter nahte. Eigentlich hätten wir jetzt ein großes Fest gegeben, bei dem jeder Christopher hätte bewundern können. Meine Mutter verbrachte ihren Geburtstag bei mir, es wurde ein stiller Tag für uns. Die Nachbarskinder tobten im Garten im Plantschbecken, und ich mußte mich weinend abwenden. Die Kinder im

Verwandtenkreis wurden nacheinander geboren, und in mir drehte sich das Messer in der offenen Wunde.

Und doch – langsam, ganz, ganz langsam begann ich mich zu fangen. Ganz, ganz langsam gewann ich wieder etwas Freude am Leben. Mit Rückschlägen zwar, aber insgesamt ging es bergauf. Der Alltag spielte sich allmählich wieder ein. Ich kochte wieder, deckte auch den Tisch hübsch, dekorierte Haus und Garten – und freute mich wieder daran. Zwischen schweren Tagen erlebte ich so mehr und mehr einigermaßen erträgliche.

Dr. Ulrici rief einmal an, um mir die Adresse einer Patientin zu geben, der zwei Jahre zuvor im selben Krankenhaus ähnliches passiert war. Ihr Kind hatte überlebt – allerschwerst behindert. So wurde mir bewußt, daß ich nicht die Einzige war, die solches Leid traf. Und was ist es für ein Schmerz, ein behindertes Kind zu versorgen, Tag für Tag darunter zu leiden, daß das eigene Kind nicht so ist wie alle anderen! Ich konnte und wollte nicht beurteilen, was schlimmer war – ein totes oder ein behindertes Kind als Lebenshypothek.

Rein emotional beneidete ich diese Familie, die ihr Kind hatte behalten dürfen. Eine Wahl hatte ich jedoch nicht – jeder muß das Schicksal tragen, das ihm auferlegt ist. Aber ich wurde mir so der Tatsache bewußt, daß ich eine zweite Chance hatte. Eine zweite Chance, normal zu leben. Ich konnte, angeschlagen, verwundet, zerzaust von den Orkanen des Lebens, noch einmal beginnen, mein Leben sinnvoll – und schön – zu leben.

Wenn ich mich jetzt ab und an des Lebens freute, dann umso intensiver. Viel mehr als zuvor registrierte und genoß ich Kleinigkeiten, die mir früher selbstverständlich gewesen waren. Ich nahm alles irgendwie intensiver wahr: Der Himmel schien mir blauer als zuvor, die Vögel schienen melodischer zu zwitschern. Ganz intensiv genoß ich insbesondere Details in der Natur, die ich ehedem achtlos übergangen hatte. Und ganz allmählich empfand ich es nicht mehr als persönliche Beleidigung, daß die Welt schön war – schön auch ohne mein Kind.

Von dieser Schönheit hatte Christopher nichts, hatte sie nie erlebt. Dies schmerzte unendlich. Aber für mich war sie Balsam auf meine wunde Seele.

Dann wieder blickte ich zurück. Vor ziemlich genau einem Jahr war ich bereits schwanger gewesen, ohne es zu wissen. Von da an war Christopher bei mir gewesen – nun war ich wieder allein. Manchmal fragte ich mich allen Ernstes, ob ich das war, der das zugestoßen war. Und dann wurde mir siedendheiß, wenn mir wieder einmal deutlich vor Augen trat – ja, **mein** Kind war tot!

Ständig malte ich mir aus, was wäre wenn ... Am 6. Juli des vergangenen Jahres war meine Schwangerschaft mit Christopher festgestellt worden. In diesem Jahr meldete ich mich am 6. Juli beim ›Arbeitskreis für Kunstfehler in der Geburtshilfe‹ an. Und dann stieß ich beim Aufräumen auf das kleine weiße Kästchen mit dem blauen »+«, das Dr. Ulrici mir einst als positiven Schwangerschaftstest

mitgegeben hatte, und las in einer Entwicklungstabelle, daß Christopher mich jetzt bewußt anlächeln würde.
Insgesamt fühlte ich mich müde und geschafft. Einerseits überraschte es mich selbst, wie erstaunlich gut ich bereits zwei Monate nach Christophers Tod mit der Tatsache leben konnte. Aber immer dann, wenn ich dachte, jetzt ginge es bergauf, merkte ich, wieviel Kraft ich verbraucht hatte. Wir hatten einen Anwaltstermin wegen unseres Prozesses gegen Professor Hochwald. Exakt auf den Tag genau ein Jahr zuvor hatte man mir meinen Mutterpaß ausgehändigt. Unsere Nachbarn feierten Kindergeburtstag – und wir fuhren zum Steinmetz, um mit ihm den kleinen Grabstein zu besprechen.
Oft überfiel mich das heulende Elend. Konnte ich mich tagsüber noch ablenken, übernahmen nachts meine Gedanken an Christopher, Selbstvorwürfe und Kummer die Regie.
Eine Bekannte, die in etwa fünf Wochen ihr Kind erwartete, rief an. Ihr Kinderzimmer sei fertig, sagte sie.
Wir hatten auch ein fertiges Kinderzimmer.
Ulrich und ich flogen in die Karibik. Wehmütig dachte ich daran, daß wir gemeinsam mit Christopher eine ganz andere Art von Urlaub verbracht hätten. Aber das Schicksal wollte es so. Wir flogen nach Jamaika. Ein Vierteljahr später sollten wir hier unser zweites Kind adoptieren. Unser Weg wurde wie von höherer Macht auf das Baby zugelenkt, das später das unsere wurde. Es war kein

geradliniger Weg zum Glück – aber sicher hat er seinen besonderen Sinn!
Wir lagen an einem Puderzuckerstrand unter Palmen, an türkisblauem Meer, alles sah aus wie im Prospekt. Und ich hatte Heulanfälle. Der Schmerz um Christopher würde niemals aufhören. Ich konnte nur hoffen, daß er abnähme. Wieder einmal war die Flucht vor mir selbst nicht gelungen. Meine Traurigkeit hatte ich ebenso mitgenommen wie mein Gepäck. Ich beneidete eine junge Italienerin, die sich pausenlos mit ihrem kleinen Söhnchen beschäftigte. Ihr Ehemann betrog sie derweil ganz offensichtlich. Doch sie tat mir nicht leid – hatte sie doch ihr Kind. Wie gerne hätte ich mit ihr getauscht.
Dann wurden wir gefragt, ob wir Kinder hätten. Ich bejahte. Konnte ich Christopher denn negieren? Ebensowenig konnte ich von seinem Tod erzählen. Wo unser Kind denn sei? Ich sagte, es sei liebevollst aufgehoben. Und hoffte und betete darum, daß dies auch zutraf.
Einmal besuchten wir ein Eingeborenendorf. Einer so grenzenlosen Armut hatte ich noch nie gegenüber gestanden. Ich nahm entgegen der Warnung des Reiseleiters vor Läusen oder anderem Ungeziefer kleine Kinder auf den Arm. Nackt und schmutzig folgten sie uns durchs Dorf. Wir gaben ihnen etwas Geld und Süßigkeiten.
Während einer anderen Rundfahrt erlebten wir das gleiche. Kinder in Unrat, Schmutz und Gestank verfolgten uns scharenweise.
Bisher war die Möglichkeit, ein Kind zu adoptie-

ren, nur so etwas wie ein Gedankenspiel gewesen. Hier erwuchs in mir der massive Wunsch nach einem Kind, das mich ebenso brauchte wie ich es brauchte. Dem ich alles geben wollte, was es so dringend benötigte und was ich zu geben hatte.
Ich war mir sicher, einem verwahrlosten, verstoßenen Kind nicht nur regelmäßige Mahlzeiten, Sauberkeit, Schulbildung und sonstiges Materielle geben zu können, sondern vor allen Dingen das Wichtigste: Liebe, Zeit und Geborgenheit.
Von zu Hause aus hatte ich mich mehr aus einer Laune des Augenblicks heraus über das Konsulat von Jamaika um einen Kontakt zu einer hiesigen Anwältin bemüht. Am Abend vor unserer Abreise trafen wir sie in Kingston zum Abendessen. Vom ersten Augenblick unserer Begegnung an verband Lucy und mich so etwas wie Freundschaft. Ich vertraute ihr intuitiv und wußte, ich würde weder auf Kinderhandel noch sonstige Machenschaften hereinfallen. Sie versprach uns, ein Kind für uns zu suchen – eins, das Eltern brauchte! Von unserem letzten Geld kauften wir beim Abflug bunte T-Shirts und zwei Papageien aus Filz – für unser zweites Kind. Beim Zwischenstopp in Miami besuchten wir das Mayfair-Center. In einer Kinderboutique waren weiße Taufanzüge ausgestellt. Ich dachte an den Augenblick des Abschieds, als ich Christopher seinen kleinen weißen Anzug hatte anziehen müssen. Unaufhaltsam kamen mir die Tränen.
Aber ich hatte eine neue Hoffnung – und damit neuen Lebensmut.

Ich hatte dies zuvor schon erlebt – wegfahren, verreisen, das war eines. Nach Hause kommen, ein leeres Kinderzimmer vorfinden, ein anderes.
Meine ach so taktvolle Schwiegermutter, die in Ulrichs Beisein ja notgedrungen mit mir reden mußte, erzählte von Nachbarskindern, wie niedlich sie wären, von ihrer Großnichte, was sie alles schon könnte. Lang und breit, jedes Detail. Und Ulrich? Er hörte sich das alles brav und zustimmend nickend an. Als ich versuchte, dieses Gesprächsthema vorsichtig abzublocken, da verfiel er in seinen üblichen, ängstlich leidenden Gesichtsausdruck, den er immer zeigte, wenn ich mit seiner Mutter nicht einer Meinung war.

Es war jetzt August. Ein glühendheißer August. Aber noch immer fühlte ich Panik und Entsetzen, fühlte mein Herz zu Eis erstarren, wenn mich jäh die Erkenntnis überfiel: Mein Kind, mein eigen Fleisch und Blut war tot. Stets überfiel mich dann wieder meine allumfassende Traurigkeit.
Diese Traurigkeit war meine Nabelschnur, durch die Christopher mit mir verbunden war. Ich brauchte dies noch. Nach wie vor hatte ich das Gefühl, jedes Lachen sei ein Verrat an meinem toten Kind. Es dauerte enorm lange Zeit, bis ich begriff und akzeptierte: Ich ließ Christopher nicht im Stich, wenn ich mich wieder freute. Er war und blieb tot – egal, ob ich lachte oder weinte.
Ich entschloß mich, mich abzulenken, versuchte dies, indem ich mich verwöhnte, mir zum Beispiel teure Kleidung oder Parfums kaufte. Das

schlechte Gewissen ließ aber nur langsam nach. Mühsam trat ich Schritt für Schritt zurück ins Leben. Noch immer war ich so aus dem Gleichgewicht, daß mir alltägliche Dinge überaus schwer fielen. Noch immer kam es mir wie eine Beleidigung vor, daß das Leben draußen, das der anderen, genau so weiterlief wie zuvor. Ihr Leben war durch Christophers Tod ja auch nicht aus der Bahn geworfen – nur das meine.
Fatalerweise schlossen uns Bekannte noch immer aus. Wir wurden nach wie vor nicht zu ihren Festen eingeladen, weil sie uns schonen wollten. Ich ergriff die Initiative und lud sie selbst ein, zum Abendessen, zum Grillen. Es fiel mir schwer, mit ihnen mitzuhalten – aber ich wußte, daß ich dies mußte. Es kostete Mühe und Kraft, aber langsam, ganz langsam, in ständigem Auf und Ab, ging es mir besser.
Allmählich breitete sich in mir eine Form ruhiger Gelassenheit aus. Ich hatte den Tod meines Kindes überlebt – was sollte mir noch geschehen? Wovor sollte ich mich noch fürchten? Ich begann, im positiven Sinne zu denken, daß es ja irgendwie weiterging. Ich nahm meine Trauer an, ging fest davon aus, irgendwann würde die Sonne für mich wieder scheinen. Ich wollte nichts mehr erzwingen, ließ alles geschehen, wissend, daß unser Einfluß ohnehin nur begrenzt ist.

Vor allem verlor ich meine Angst. Noch heute traue ich mir alles mögliche zu aus dem Bewußtsein heraus, das Schlimmste bereits bewältigt zu

haben. Katastrophen ereignen sich ohnehin aus heiterem Himmel.
Ich kämpfte nicht mehr gegen Unabänderliches – sondern ich tat, was ich konnte, und vertraute auf Gott. Auffallend war mein Trieb nach kreativen Beschäftigungen. Garten und Fenster waren neu gestaltet, um einen Studienplatz in Medizin hatte ich mich trotz Ulrichs Geschimpfe beworben. Ich wollte mein Leben von Grund auf ändern. Fiel mir nichts besseres ein, räumte ich den Keller auf. Beim Sortieren des Weihnachtsschmuckes allerdings packte mich Entsetzen vor dem diesjährigen Fest. Ich würde aber damit leben müssen, daß es Geburtstage, Weihnachten und Osterfeste ohne Christopher geben würde.

Ulrich machte mir mein Leben noch mehr zur Qual. Er jammerte ohne Unterlaß. Nicht über den Verlust seines Kindes – das hätte ich verstehen können. Nein, er beklagte sich weiterhin über dieselben Dinge wie vor Christophers Tod, wurde bösartig und aggressiv. Ich begann allen Ernstes, ihn für verrückt zu halten. Dabei verfügte er über eine ungeheure Macht, mir jedesmal, wenn es mir einigermaßen gut ging, mein Leben wieder zu vermiesen. Er erregte meinen Zorn – denn ich war jung und von Natur aus voller Lebensfreude. Ich wollte leben und lachen!
Lese ich heute in meinem Tagebuch, so finde ich zu beinahe jedem Tag Einträge der Enttäuschung über Ulrich. Man verdrängt Negatives ja so leicht. Aber hier ist schwarz auf weiß dokumentiert, wie

sehr er mich quälte. Hier steht, daß die Ehe mit ihm unerträglich wurde. Wie sehr sehnte ich mich nach einem festen Fundament aus gegenseitiger Achtung, Liebe, Fürsorge, Güte und Geborgenheit! Bei uns gab es schon lange keine Freude mehr, nichts Lustiges oder Zärtliches.

Ich war froh, wenn Ulrich außer Haus war. Schlimm waren die Sonntage, an denen ich abends aufatmete, wenn er im Bett war.

Trost fand ich nach wie vor auf dem Friedhof. Mich begleitete Ulrich nie dorthin, seine Mutter schon. Ich machte aus der Not eine Tugend und sagte mir, wenigstens hier hätte ich vor ihm meine Ruhe. Jedes Gefühl der Zuneigung zu ihm war in mir gestorben – allmählich begann ich nur noch Abscheu zu empfinden und ihn zu verachten. Seine Angriffe trafen mich nicht mehr so tief – innerlich sagte ich mich von ihm los.

Was hielt mich noch? Eine Form von Handlungsunfähigkeit, die noch fehlende Kraft, etwas zu verändern. Das Bedürfnis, nicht nur vor Ruinen zu stehen. Die Sehnsucht nach einem weiteren Kind. Dies alles waren sicher keine rationalen Motive. Vor allem das letzte zwang mich innerlich zu bleiben. Gleichzeitig wollte ich in dieser Ehe nicht mehr schwanger werden. Nicht noch einmal wollte ich eventuell liegen müssen und Ulrich ausgeliefert sein. Dies um Gottes Willen nicht! Ja, ich wollte ein Kind adoptieren. Da war ich mir mittlerweile ganz sicher. Als Mutter ohne Kind würde ich mich einem Kind ohne Mutter in besonderem Maße verbunden fühlen.

Die Zeit verstrich. Meine Ex-Kommilitonin rief an, um mir von der Geburt ihres Sohnes Henrik zu berichten. Ich zwang mich, ihr zu gratulieren. Ich schaffte dies – auch wenn ich daraufhin eine Nacht lang wach lag.
Dann wartete der kleine Jonas von nebenan auf seine Mutter, ließ sich von mir nicht trösten, verlangte nur nach ihr. Als sie endlich kam, war er glücklich und rannte auf sie zu. Wie beneidete ich diese Frau!
Einer der schlimmsten Tage, die es in dieser zu bewältigen galt, war mein 29. Geburtstag. Die Gratulanten, die anriefen, wußten nichts zu sagen, nichts, was sie mir wünschen sollten. Von meiner Mutter kam ein Strauß weißer Rosen. Ich stellte sie auf Christophers Grab.

Zu Allerheiligen wurde Christophers Grabstein gesetzt. Ein weißer Marmorstein mit eingemeißelten Kinderblumen, sein Namenszug vergoldet. Das Gesteck, ein kleines Herz mit weißen Blüten, lag im Keller bereit.
Am Tag vor Allerheiligen hatten Ulrich und ich wieder einen entsetzlichen Streit. Mut- und hoffnungslos fuhr ich zum Friedhof – einsam wie immer. Ulrich lag derweil betrunken im Bett. Ich schrie, schluchzte und weinte am Grab meines Kindes, flehte: »Lieber Gott, gib mir Kraft, beende meinen Schmerz, schenke mir noch Kinder – und fange bald damit an!«
Ob Gott dieses Mal verstand, daß ich nicht mehr lange aushalten würde? Am Vormittag des ersten

November besuchte ich einen Gottesdienst für die Verstorbenen. Ich war umringt von älteren Leuten. Der Pfarrer sprach von toten Eltern und Ehepartnern – natürlich nicht von toten Kindern. Ich war hier wohl die einzige trauernde Mutter. Nach einem kurzen Friedhofsbesuch, der mir wegen des allgemeinen Rummels des Tages nichts brachte, legte ich mich zu Hause erschöpft ins Bett.

Das Klingeln des Telefons an meinem Bett riß mich aus dem Schlaf. Es war Lucy.

»In vierzehn Tagen wird per Kaiserschnitt ein Baby geboren. Willst du es haben?«

Nachwort

Wir haben dieses Baby adoptiert. Ich möchte hier nicht detailliert über die Adoption oder über Leonard, meinen zweiten Sohn, berichten – dies ist eine Geschichte für sich.

Nur das Wesentliche: Leonard ist niemals ein Ersatz für Christopher gewesen und kann es nie sein! Dies habe ich auch zu keiner Zeit gewollt. Aber Leonard war ein wunderbarer Trost – er gab meinem Leben Inhalt, Aufgabe und Sinn. Und er lenkte mich ab, immer dann, wenn der Schmerz um Christopher mich wieder einmal übermannte. Niemals zuvor oder danach in meinem Leben habe ich eine Entscheidung so spontan getroffen und gleichzeitig mit einer so absoluten inneren Überzeugung wie in dem Moment, als ich mich entschloß, dieses Baby zu adoptieren. Meine innere Bereitschaft hierzu war in der langen Zeit von Christophers Krankheit und in der Zeit nach seinem Tode gewachsen. Alle Liebe und Fürsorge, die Christopher nun nicht mehr brauchte, wollte ich einem Kind schenken, das dessen dringend bedurfte.

Und Leonard brauchte mich, anders als ich ihn brauchte – aber er tat es.

Auslandsadoptionen sind in der Regel langwierig und kompliziert. Ich hatte so schnell nicht mit einem Kind gerechnet, und Leonard erschien mir umso mehr als ein Geschenk des Himmels. Wie von unsichtbarer Hand gelenkt liefen alle Adoptionsformalitäten reibungslos. Oft konnte ich mich nur wundern, wie selbstverständlich und leicht es war, dieses Kind zu uns zu nehmen. Die wohlbeleibte farbige Kinderkrankenschwester, die mir liebevoll und beherzt bei der Betreuung von Leonard half, brachte es auf den Punkt: »That is, 'cause God wants you to have this baby!« (Das ist, weil Gott will, daß Du dieses Baby bekommst!)

Vom ersten Moment an, als mir die Schwester in der kleinen Privatklinik in Kingston Leonard, gerade neugeboren, in den Arm legte, wurde er zu meinem Kind. Alle Zweifel, ob ich ein Adoptivkind so lieben könnte wie Christopher, legten sich in diesem Augenblick. Er gehört zu mir wie sonst niemand auf der Welt – innerlich habe ich vergessen, daß nicht ich ihn geboren habe.

Ich bin ungeheuer dankbar für ihn. Jedes Fest, das ich seinetwegen begehen darf, angefangen bei seiner Taufe bis hin zu Kindergeburtstagen, versetzt mir einen bitteren Stich – Tränen rollen in der Erinnerung an Christopher. Aber umso mehr erfüllt mich dann die Freude, dieses Kind zu haben – und verschwenderisch gestalte ich seine Feiern.

Am Anfang verglich ich beide noch oft. Wie

staunte ich, was ein gesundes Baby alles konnte und lernte. Mittlerweile ist Leonard fünf Jahre alt – und es fehlt selbstverständlich jeder Vergleich.

Meine Ehe konnte dieses Kind natürlich nicht retten. Ulrich kümmerte sich nie um Leonard und mich. Kurz nachdem ich mit dem Baby aus Kingston zurückgekehrt war, bemerkte er: »Ich bin überhaupt nicht für die Ehe geschaffen!« Schön, daß ihm dies endlich auffiel! Weiterhin betrank er sich, lief tobend durchs Haus oder schlief im Keller. Seine einzige Sorge galt seiner Mutter, die Leonard nicht akzeptieren wollte oder konnte. »Er ist negroid und indianisch. Mit diesem Kind verbindet mich keine Affinität«, hatte sie beim ersten Anblick des so hübschen Babys geäußert. Ulrich litt unter dieser Spannung und machte Leonard und mich dafür verantwortlich.
Meine Freude an diesem Kind war tief, aber einsam. Ulrich verfolgte seine Entwicklungsschritte nicht mit. Wenn Leonard als Säugling, kurz bevor ihm die Äuglein zufielen, mit seiner Patschhand über mein Gesicht streichelte und mich selig anlächelte, so waren dies unbeschreibliche Glücksmomente, die ich mit meinem Ehemann leider nie teilen konnte. Er bemerkte auch nicht, was ihm entging.
Oft stritt er vor Leonard so mit mir, daß das Baby vor Entsetzen schrie. Noch verstand es den Sinn der Worte, die gemeinen Beschimpfungen nicht, aber den aggressiven Ton registrierte es schon. Ich sah keinen Wert mehr darin, diese Ehe länger

aufrecht zu erhalten. Nicht länger wollte ich meine Kräfte in diesem sinnlosen Unterfangen verschleißen.
Leonard hatte alle positiven Gefühle in mir wieder zum Leben erweckt – auch die Sehnsucht einer jungen Frau nach einem Partner. Mutter eines gesunden Babys zu sein war wunderbar – aber es genügte mir nicht. Ich verließ Ulrich und baute mir – sehr mühevoll – ein neues Leben auf. Auch wenn man von der Notwendigkeit einer Trennung überzeugt ist, eine Scheidung ist immer etwas äußerst schmerzhaftes. Sie ist kein Akt, sondern ein Prozeß, der durchlitten sein will. Ein ganz neues Leben aufzubauen erfordert viel Kraft. Ulrich hat nie verwunden, daß seine Frau ihn verließ. Er versucht mich bis heute da zu treffen, wo er weiß, daß es mich am tiefsten schmerzt: bei Leonard.
Ich habe es gelernt, nicht länger in jedem Mann einen Ulrich zu sehen und die Männer schlechthin zu verachten. Ich habe es gelernt, neu und mit größerer Intensität denn je zu lieben.

Und ich denke, mein größtes Leid um Christopher war vorbei, als die Abstände zwischen den Eintragungen in sein Tagebuch länger und länger wurden, als ich sogar für Tage hintereinander vergaß, daß ich die Mutter eines toten Kindes war, als andere Personen in meinem Leben wieder so wichtig geworden waren, daß ich mich sogar wieder aufregen konnte. Heute bin ich wieder in der Lage, mir Sorgen zu machen, mit jemanden mit-

zufühlen, Alltagsprobleme nicht als lächerlich abzutun. Ich kann heute wieder weinen und lachen, mich von Herzen freuen und glücklich sein.
Aber ich bin ein anderer Mensch geworden. So ist meine Unbekümmertheit dahin und mein Lachen womöglich gedämpfter, die wirklichen Glücksmomente aber umso intensiver. Nach unvorstellbarem Schmerz und Jammer ist das geschehen, was ich damals nicht für möglich gehalten hätte – mein Leben ist erfüllt. Zwar trage ich die Erinnerungen an Christopher in meinem Herzen und die Trauer um ihn als Lebenshypothek ständig mit mir – aber ich bin an diesem Kind gewachsen. Heute bin ich um so vieles gelassener als vor der großen Tragödie in meinem Leben. Ich versuche nicht mehr, dem Schicksal zu trotzen, denn ich weiß, man kann dies ohnehin nicht. Und was einen auch trifft – man mobilisiert alle seine Kräfte und wird es überstehen. Wie, das liegt an einem selbst. Das ›Wie‹ ist das einzige, aber wesentliche, das man in der Hand hat.

Alles im Leben hat seine Zeit. Es gibt Zeiten der Trauer und Zeiten der Freude, Zeiten des Tiefs und Zeiten des Hochs – so banal dies auch klingt.
Vielleicht werde ich zum kommenden Schuljahr eine erste Klasse übernehmen. Bei der Anmeldung dieser Kinder zuckte ich jedes Mal innerlich zusammen, wenn ich als Geburtsdatum einen Tag im Februar 1987 eintrug. Christopher würde mit diesen Kindern eingeschult. Am ersten Schultag

werde ich sicher vor allem an ihn denken. Jedes Kind in meiner zukünftigen Klasse könnte auch das meine sein.
Dies sind Fakten, mit denen ich zu leben gelernt habe. Ich schöpfe Kraft aus dem, was ich mir aus den Trümmern heraus aufgebaut habe: aus meinem Beruf, meinem neuen Partner und aus meinem zweiten Kind. Das Tagebuch, das ich einst so hoffnungsvoll für Christopher begonnen hatte, schloß ich am Jahrestag seines zweiten Geburtstages ab:

25.02.1989

Christopher –

lange ist es her, seit ich zum letzten Mal in Dein Tagebuch schrieb.
Ich denke, dies ist gut so, weil es zeigt, daß auch wieder andere Dinge in meinem Leben ihren eigenen Stellenwert gewinnen, daß sich mein Leben nicht mehr hauptsächlich um Dich und den um Deinetwillen durchlittenen Schmerz dreht.
Gewiß, der Schmerz um Dich hat abgenommen. Ich habe Deinen Tod verkraftet. Vieles, was kurz nachdem Du gestorben warst absolut unwichtig war, ist nun – gesunderweise – wieder wichtig. Ich empfinde wieder normal, kann wieder lieben – nicht nur als Mutter, sondern vor allem auch als Frau.
Ich habe Deinen Tod verkraftet.
Noch immer bin ich allerdings vorsichtig, wem ge-

genüber und wie ich Dich erwähne. Ich kann dies nicht bei jedem und sofort. Es ist auch sehr schwer, anderen den Schmerz, den ich durchlitten habe, begreiflich zu machen und gleichzeitig zu erklären, warum ich heute wieder lachen kann.
Ich habe Deinen Tod verkraftet.
Ich lebe wieder normal. Aber ich werde nie wieder so sein wie früher. Ich bin und bleibe ernster, aber, und dies ist sicher positiv hervorzuheben, gleichzeitig auch selbstbewußter und gelassener. Ich weiß, daß die Dinge, die geschehen sollen, auch geschehen – ob wir wollen oder nicht. Wir können und sollen uns bemühen, positiv zu denken – und auf Gott zu vertrauen. Und lernen, seine Entscheidungen anzunehmen.
Ich weiß jetzt, daß man mit (fast) allem Leid leben, (fast) alles auch verschmerzen kann. Ich habe – Gott sei Dank – auch wieder selbst erfahren, daß es außer dieser allerschwersten Prüfungen des Verlustes eines Kindes noch andere Dinge im Leben gibt, die belasten oder schmerzen.
Aber, Chris, frei von Dir werde ich niemals sein.
Es ist Abend, die Kerze vor Deinem Taufbild brennt zu Deinem Geburtstag. Heute wärest Du zwei Jahre alt.
Ich weiß nicht und werde nie wissen, wie Du jetzt oder später aussähest, welche Vorlieben und Begabungen Du hättest, was für ein kleiner Kerl Du wärst. Doch Du warst und bleibst für mich immer mein Kind – mehr als jedes andere.
Ich war heute auf dem Friedhof, habe Leonard

mitgenommen. Ich entfernte die Winterdekoration und schmückte Dein Grab mit Frühlingsblumen. Und ich betete für Dich, was ich immer bete: darum, daß es Dir gut geht, daß Gott alles für Dich tut, was ich so gerne für Dich getan hätte, und noch vieles mehr.
Wir zündeten ein Kerzchen an und ich war so froh, daß Leonard bei mir war, Leonard, der den ganzen Weg zu Deinem Grab stolz und glücklich gelaufen war, auf diesem Wege das Laufen erst richtig erlernt hatte.
Chrissi, wie gerne schreibe ich diesen zärtlichen Kosenamen – ich möchte mir jetzt Dein Fotoalbum ansehen. Vorhin konnte ich es nicht, die Tränen begannen sofort zu fließen.
Aber das Schreiben in Dein Tagebuch hat mir – wie immer – gut getan.